Der Zauberladen von Applecross

Pierdomenico Baccalario

Der Zauberladen von Applecross
Kompass der Träume

MIX
Aus verantwortungs-
vollen Quellen
FSC® C022120
FSC
www.fsc.org

5 4 3 2 1
ISBN 978-3-8157-61501-9

Text by Pierdomenico Baccalario
Illustrations by Iacopo Bruno
Original edition published by Edizioni Piemme S.p.A., Italy
Original title: La Bottega Battibaleno – La bussola dei sogni
International Rights ã Atlantyca S.p.A., via Leopardi 8 –
20123 Milano – Italia
foreignrights@atlantyca.it – www.atlantyca.com
Translation: Barbara Neeb und Katharina Schmidt

Redaktion: Valerie Flakowski
Satz: Sabine Conrad, Rosbach
Printed in Slovakia
www.coppenrath.de

Pierdomenico Baccalario

Der Zauberladen von Applecross

Kompass der Träume

Aus dem Italienischen von Barbara Neeb
und Katharina Schmidt

Illustrationen von Iacopo Bruno

COPPENRATH

Erstes Kapitel

Böse Neuigkeiten
Neue Bosheiten
Alte Bösewichter

Nach nicht mal einem Monat als Aushilfspostbote machte es ganz den Anschein, als wollte man mich schon wieder loswerden.

»Komm mit, mein Junge …«, fing Reverend Prospero an und legte mir eine Hand auf die Schulter, um mich kumpelhaft vor sich her zu dirigieren. In Wirklichkeit stieß er mich allerdings eher unsanft vorwärts. »Jetzt reden wir zwei mal mit Jules.«

Reverend Prospero hatte ein echtes Problem: Er merkte es gar nicht, wenn er etwas grob war, denn er war sich seiner Stärke überhaupt nicht bewusst. Er war ja auch sehr beeindruckend: beinahe zwei Meter groß, seine Augen funkelten beim Reden und dazu hatte er eine mächtige Stimme, die keinen Widerspruch zu dulden schien.

»Komm, Dusty …«, rief ich meinen Hund, der einmal kurz aufjaulte und dann ergeben hinter uns hertrottete.

Jules, zu dem wir unterwegs waren, war der eigentliche Postbote von Applecross, den ich im Sommer vertreten hatte, weil er sich den Knöchel verstaucht hatte. Und das sei gleich dazugesagt: In diesen vier Wochen habe ich mehr Briefe zugestellt, als er in den sechs Monaten zuvor liegen gelassen hatte. Denn Jules ist ein richtiger Faulpelz.

»Schau mal, wie wunderbar …«, meinte der Reverend in diesem Moment. »Die modernen Zeiten haben im Dorf Einzug gehalten.«

Und er führte mich zu einem feuerroten Kastenwagen, auf dessen Seite das Wappen der *Royal Mail* aufgemalt war. Er stand quer zum Straßenrand genau vor dem Postamt von Applecross.

Applecross ist ein winziges Dorf auf der gleichnamigen Halbinsel im Norden Schottlands, das aus wenigen (wirklich ganz wenigen) Häusern besteht. Hierher führt nur eine einzige Straße und an der steht ein Schild mit der Aufschrift: *Achtung! Fahranfängern wird von der Benutzung abgeraten. Gefahr!* Das Schild steht da wirklich und die Warnung ist absolut ernst gemeint. Doch diesen Sommer würde die Gefahr auf der Straße nicht darin bestehen, ins Schleudern zu geraten und von der Fahrbahn abzukommen, was ziemlich fatal ist, wenn es am Deich, am Elchhorn oder an den Findlingen des Kleinen Gipfels passiert. Sie würde auch nicht darin bestehen, aus den neunzehn Haarnadelkurven geschleudert zu werden, oder darin, von den Kaninchen, die über die Straße hoppeln, sobald sie ein Motorgeräusch hören (Kaninchen überqueren die Straße immer nur, wenn jemand kommt, und niemand hat je herausgefunden, warum sie das tun), abgedrängt zu werden. Und ebenso wenig darin, von dem dicken Nebel verschluckt zu werden, der hier selbst im Hochsommer in weniger als einer Minute wie eine dicke Suppe aufsteigen kann.

Nein, die Gefahr würde in diesem Sommer einzig und allein von Jules ausgehen, dem Postboten. Da war ich mir sicher!

»Das meinen Sie jetzt nicht ernst, oder?«, fragte ich den Reverend.

Er verschränkte zufrieden die Hände vor der Brust, als hätte er mich nicht gehört. »Die Zentrale hat ihn uns eben übergeben«, erklärte er mir. »Ist er nicht wunderschön?«

Ich prustete los. »Und wer soll den fahren? Etwa Jules?«

Der Reverend starrte mich verblüfft an: »Und … warum nicht? Er ist doch der Postbote.«

Der Kastenwagen sah für mich aus wie eine Kreuzung aus einem Toaster und einem Fangeisen.

Ich stellte mir vor, wie er mit hundert Sachen über die einzige Straße von Applecross schoss oder über die Küstenstraße, die hier auf Gälisch Bealanch Ba hieß, »Ochsenweg«, und es lief mir eiskalt den Rücken herunter.

»Also Jules kann doch gar nicht Auto fahren …«, brachte ich besorgt hervor.

»Du aber auch nicht …«, gab der Reverend zu bedenken.

Natürlich nicht: Ich war ja noch nicht einmal ganz vierzehn.

Aber mit diesen Worten entließ mich Reverend Prospero aus dem Postdienst.

Ich hob schicksalsergeben die Hände und stellte die Posttasche ab.

»Wie Sie wollen. Aber sagen Sie später nicht, ich hätte Sie nicht gewarnt.«

Ich pfiff laut. Dusty hörte sofort auf, sich zu kratzen, und umtänzelte schwanzwedelnd meine Beine.

»Darf ich wenigstens das Fahrrad behalten?«, fragte ich.

Der Reverend wandte sich nicht einmal um, er hatte nur noch Augen für den funkelnagelneuen Kastenwagen.

»Dann muss ich wohl einen anderen Ferienjob für dich finden …«, sagte er. »Wir sehen uns morgen früh bei mir im Pfarrhaus … äh …«

Es kam mir vor, als kramte er in seinem Gedächtnis nach meinem Namen.

»Ich heiße Finley McPhee«, kam ich ihm zur Hilfe. »Mit F.«

Er nickte stumm.

»Los, Dusty …«, brummte ich. »Wir gehen.«

Ich hatte schon einen Plan B für diesen Nachmittag.

Aber leider war ich da nicht der Einzige.

Zweites Kapitel

Kiesel Väter Panik

Ich sammelte ein paar Kiesel auf und verbrachte den restlichen Vormittag damit, auf das Warnschild zu zielen, das zwischen zwei Hochspannungsmasten hing. Nach jedem Wurf rannte Dusty los, um das Steinchen zu holen, aber er brachte mir keines zurück.

Ein paar Stunden später, nachdem ich oft genug das Ziel getroffen hatte, löste sich das Schild schließlich aus seiner Aufhängung, fiel herunter und bohrte sich zur Hälfte in den aufgeweichten Boden. Obwohl es Sommer war, hatte es vor Kurzem geregnet, und meine Jeans war vom Hosensaum bis fast zu den Knien schlammverkrustet. Zum Glück bin ich Schotte. Und wir Schotten lieben Schlamm.

»Klasse«, sagte ich und hob das Schild auf. Es war komplett verbeult und darauf stand unter einem warnenden Blitz: VORSICHT! LEBENSGEFAHR!

Dusty stupste mich an, ich kapierte, dass er es auch ansehen wollte, und ließ ihn daran schnuppern.

»Was meinst du, Dusty? Gefällt es dir?«

Ich hatte vor, das Schild am Anfang der Straße nach Applecross anzubringen und vielleicht Jules' Namen darauf zu schreiben oder gleich das Nummernschild des Kastenwagens von der Post.

Dusty sah mich mit seinen feuchten Hundeaugen an, und ich begriff, dass er einverstanden war. Das mussten wir dann noch heute Nachmittag erledigen, da ich nicht genau wusste, ob mir mein neuer Ferienjob morgen dafür Zeit lassen würde. Welch hartes Los! Nachdem mein Vater erfahren hatte, dass ich sitzen geblieben war, hatte er mit dem Reverend vereinbart, dass ich den ganzen Sommer über arbeiten sollte, in der Hoffnung, ein Job würde mich so schlauchen, dass ich danach wieder gern zur Schule gehen und lernen würde. Als gäbe ihnen die Tatsache, dass ich durchgerasselt war, das Recht, mich zeitweise zu versklaven.

Zum Glück waren dann die Lilys gekommen und hatten den Zauberladen aufgemacht. Vor ihrer Ankunft war Applecross ein ziemlich verschnarchtes Fischerdorf gewesen, wo sich die Häuser entlang einer Straße reihten.

Der Greenlock-Pub war das einzige Lokal in einem Umkreis von dreißig Kilometern, in dem man superlecker essen konnte. Weiter unten lag das heruntergekommene Gasthaus der Familie McStay. Und dann am Ende der Straße unser

Sahnestück: die Touristeninformation für die wenigen Idioten, die es bis hierher geschafft und schreckliche Angst hatten, dass sie nie mehr den Weg zurückfinden würden. Dort saß Jacky der Blinde und darauf muss man auch erst mal kommen, denn ihn konnte man nicht gerade als gesprächigen Menschen bezeichnen. Das Einzige, was er immer wieder gern erzählte, war die Geschichte, wie der große Silberfisch in sein Boot gesprungen war und ihm die Augen weggefressen hatte. Und das reichte meist, damit die Touristen Hals über Kopf die Flucht ergriffen.

Es gab einen kleinen Platz, die Kirche, ein Pfarrhaus, den Souvenirladen von Mr Everett, die Schule (meine Schule), Mebs Schneiderei und noch ein paar Häuser. Dahinter lagen offene Felder und die Bauernhöfe, die sich entlang der Küstenstraße zogen und alle kilometerweit von steinigem Heideland und Felsen umgeben waren. Und Schafen natürlich. Schafe grasten überall, so als wäre hier der schönste Ort auf der Welt.

Na ja, ein wenig stimmte das ja auch.

Vor allem seit die Lilys in Applecross lebten und ich Aiby Lily kennengelernt hatte.

Aiby war unglaublich hübsch, etwas größer als ich, aber trotzdem wunderschön.

Sie hatte lange schwarze Haare, grüne Augen und …

Ich erstarrte plötzlich, weil Dustys Nackenfell sich sträubte.

Ein sehr großer, gelenkiger Mann war gerade aus dem Nichts direkt vor meinem Fahrrad aufgetaucht. Er war dünn und sein Haar so hellblond, dass es beinahe weiß wirkte. Er hatte ein ovales Gesicht mit einer langen, ausgeprägten Nase, trug ein leichtes, kakifarbenes Hemd und eine Fliegerbrille um den Hals. Seine langen, schmalen Hände umklammerten einen knotigen Stab, in dessen Griff Zeichen eingeritzt waren.

Das war Locan Lily, Aibys Vater. Und dass er hier so plötzlich auftauchte, war ein schlechtes Zeichen. Der Stab in seinen Händen hieß Reisestab und gehörte zu den Objekten mit Magie, die die Lilys in ihrem Laden verkauften und reparierten.

Ich versteckte das Warnschild hinter meinem Rücken und begrüßte ihn ganz unschuldig: »Guten Tag, Mr Lily.«

Der Mann schüchterte mich merkwürdig ein: vielleicht weil er so ungewöhnlich groß war oder wegen seiner seltsamen Haare. Vielleicht auch, weil er kaum ein Wort sagte und seine Augen überwiegend von den Haaren verdeckt waren. In seiner Gesellschaft fühlte ich mich auf jeden Fall immer unwohl, als würde ich mit meinen schlammverdreckten Schuhen auf blitzsauberen Spiegelfliesen laufen.

»Ist Aiby bei dir?«, fragte er mich, kurz angebunden wie immer.

»Nein«, erwiderte ich. »Ich habe sie heute noch nicht gesehen. Eigentlich …«

Ja, eigentlich hatte ich Aiby mindestens eine Woche lang nicht gesehen.

»Eigentlich …?«, fragte Mr Lily nach, als würde ich etwas Schreckliches vor ihm verheimlichen.

»… habe ich sie seit einigen Tagen nicht mehr gesehen.«

»Und du weißt auch nicht, wo sie hin sein könnte?«

Ich kratzte mich verlegen im Nacken. »Ich fürchte nein, Mr Lily.«

»Verflucht«, fuhr er auf.

Ich betrachtete intensiv mein Rad, als könnte ich dort eine Eingebung finden. Seit Aiby es mit ihrer Reparierspinne in Ordnung gebracht hatte, konnten die Lilys es und damit mich überall aufspüren.

»Gibt es ein Problem?«, fragte ich ihn ziemlich naiv.

»Ja, in einer halben Stunde kommt Adele Babele. Und uns fehlt ein Lesezeichen«, antwortete er und sah mich an, als müsste mir jetzt alles klar sein. »Eine Schwindelichblume.«

»Ach so«, meinte ich und nickte ernst. Ich wusste inzwischen, dass es keinen Sinn hatte, irgendwelche Fragen zu stellen. Ich würde sowieso keine zufriedenstellende Antwort bekommen. Sie waren eben ein bisschen anders, um es höflich auszudrücken. Nun ja, vielleicht lag es daran, dass die Lilys zu den wenigen Familien gehörten, die einen Zauberladen führen konnten. Diese Läden waren schließlich auch etwas anders. Dort gab es sprechende Schwerter, verwunschene Ringe, Zauberbohnen und all so ein Zeug.

Eine leichte Brise zerzauste die weißblonde Mähne von Aibys Vater.

»Kann ich Ihnen vielleicht helfen …«, fragte ich und bereute es im selben Moment.

WUSCH, da stand Locan Lily sofort ganz nah bei mir, als hätte ich ihn wie ein Magnet angezogen, und sagte: »Ja. Vielleicht. Hast du den Schlüssel dabei?«

Ich verfluchte stumm meinen Bruder Doug. Er spielte in der Rugbymannschaft der *Highlanders Ram*, war stark wie ein Ochse und hatte den IQ eines Waschbären, aber genau wegen dieser drei Eigenschaften war er der Schwarm aller Mädchen. Ich verfluchte ihn, weil er mir nach einem Auswärtsspiel ein Lederband mit Karabinerhaken geschenkt hatte, das man als Schlüsselband um den Hals tragen konnte, was zurzeit wohl mega-in war. Seinetwegen hatte ich den Schlüssel für den Zauberladen, nach dem Mr Lily gerade gefragt hatte, dort angehängt. Und nur deshalb hatte ich ihn jetzt dabei, obwohl ich ihn noch nie benutzt hatte.

Als ich ihn unter dem T-Shirt hervorholte, frischte der Wind abermals auf.

Mr Lily sah sich misstrauisch um. Und Dusty hüpfte unruhig hoch. Der Wind wurde noch stärker, sodass die Gipfel der Bäume sich bogen und die Hochspannungsleitungen ächzten.

»Dann versuchen es eben wir beide …«, beschloss Locan Lily und gab mir ein Zeichen. Er stellte sich breitbeinig hin und hob den Reisestab vor sich. »Vielleicht können wir sie ja finden.«

Ich packte ebenfalls den Reisestab und Dusty setzte sich auf meine Füße.

Mr Lily zog unter seinem weiten Hemd eine Schachtel hervor, entnahm ihr eine hauchdünne Strickleiter, die aus Seide gemacht schien, und entrollte sie wie eine Luftschlange.

Mein Fahrrad wackelte am Boden, als wollte es gleich abheben, und die Leiter wurde immer länger. Das weite Hemd von Mr Lily knatterte im Wind wie ein Segel.

»Was haben Sie vor?«, schrie ich, um das Heulen des Windes zu übertönen.

»Wir werden die Blume eben ohne meine Tochter holen!«

»Und wo finden wir sie?«

Mr Lily sagte nichts, er wickelte mir die Strickleiter um den Bauch und packte mich am Handgelenk.

rief er und klopfte mit dem Reisestab auf den Boden.

Die Landschaft um uns herum verschwand.

»Verdammt!«, fluchte Mr Lily und schlug einen Salto in der Luft.

»OH … AAAAAH … AAAH«, war alles, was ich noch schreien konnte.

Dusty jaulte laut auf und verbiss sich in meine Hose – und dann stürzten wir alle drei ins Nichts.

ELASTISCHE SEIDENLEITER

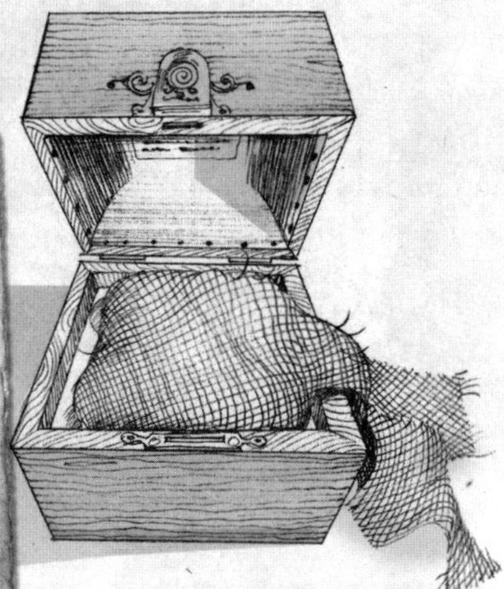

Die elastische Seidenleiter ist aus so dünnem Material, dass sie in einer Hand Platz hätte. Sie wurde von Rapunzel in sieben Tagen und sieben Nächten aus der Seide von Raupen des Gabenbergs gewebt. Der Webprozess wurde durch die Ankunft von Frau Gothel gestört. Deshalb ist die Leiter an einem Ende bis heute ausgefranst, was man in Ordnung bringen könnte, wenn man den Haken von James Fry finden würde.

Drittes Kapitel

Windungen Schwingungen Geschwindigkeit

Das Seltsamste an der Sache war, dass ich die ganze Zeit, während ich da so ins Nichts stürzte, an mein Fahrrad denken musste.

Mir fiel ein, dass ich es nicht abgeschlossen hatte, als ich es am Rand der Wiese unter den Hochspannungsmasten abgestellt hatte. Und irgendwie kam es mir so vor – ich weiß, das hört sich jetzt total verrückt an –, als als würde mir eine Art innere Stimme so bildhaft schildern, was gerade in Applecross passierte, dass ich es deutlich vor mir sah: Kaum waren wir also von der Wiese verschwunden, legte sich der Wind, bis er schließlich nur noch eine laue Brise war, die kaum die Grashalme bewegte. Ein Mann trat aus dem Schutz der Bäume am Waldrand hervor, schlenderte langsam zu meinem Fahrrad hinüber und hob das Warnschild auf, das mir aus der Hand gefallen war, als Locan mich am Arm gepackt hatte. Nachdenklich steckte es der Mann unter seinen merkwürdigen Spiegelmantel. Dann setzte er sich ein Paar Kopfhörer auf, drehte die Lautstärke hoch und entfernte sich.

WUSCH!, machte die Seidenleiter, während sie sich wie ein Gummi dehnte. Ich spürte, wie ich mit der Taille an irgendetwas festhing, dann blieb mir die Luft weg.

Jetzt fiel ich nicht mehr, sondern hing kopfüber im Nichts. Aus meinen Hosentaschen purzelten die Münzen heraus, die ich noch eingesteckt hatte. Dusty hatte sich in den Gürtel meiner Hose verbissen und hing ebenso wie ich in der Luft. Mit seinen Pfoten versuchte er verzweifelt, sich in meinem T-Shirt festzukrallen, während sein Schwänzchen wie wild vor meiner Nase herumwackelte. Kein schöner Anblick. Der Schlüssel des Zauberladens glitzerte unter mir, er baumelte von meinem Hals an dem Lederband, das mir Doug überlassen hatte.

Ich spuckte ein riesiges Büschel Hundehaare aus und wedelte mit den Armen, um das Gleichgewicht wiederzuerlangen, doch ich schwebte einfach durch die Luft und konnte keinen Halt finden. »Ohgottohgott …«, rief ich, während mir langsam, aber sicher kotzübel wurde. Wie wild fing ich daher mit den Armen an zu rudern. Dusty strampelte ebenfalls und verbiss sich nur noch heftiger in meinem Gürtel.

»Bleibt ruhig, ihr beiden!«, hörte ich von irgendwo Locan Lily rufen.

Doch ich scherte mich einen Teufel darum. In meiner totalen Panik zappelte ich herum wie ein Verrückter und schaffte es schließlich, Halt zu finden, als ich auf einen Vorsprung stieß, an dem ich mich festkrallen konnte. Ich wollte mich umdrehen, damit mein Kopf wieder nach oben kam, doch da wurde ich von einem blauen Schwindel überwältigt, der mich zwang, die Augen zu schließen. Dusty hielt sich weiter mit den Zähnen an meinem Gürtel fest. Außerdem schlang er seine vier Pfoten um mein rechtes Bein, während er leise knurrte und winselte.

»Heilige Scheiße!«, rief ich, als ich endlich die Augen wieder zu öffnen wagte und mir ein Bild von unserer Lage machen konnte. Wir hingen senkrecht in einer Felswand, die nach oben in den Wolken verschwand und unter uns im Nichts endete. Ich hatte eine flüchtige Vision von Wasserfällen, die irgendwo in der Tiefe glitzerten, und hörte den Ruf eines geheimnisvollen Vogels. Unwillkürlich klammerte ich mich nur noch fester an den Felsen.

Aibys Vater befand sich drei oder vier Meter über mir in einer ähnlichen Lage.

»Wo zum Henker sind wir gelandet, Mr Lily?«, schrie ich.

Er wühlte unter seinem Umhang und zog ein schwarzes Notizbuch hervor. Dann versuchte er, darin zu blättern. »Also … wenn ich mich nicht irre …«

»Mannomannomann … so will ich nicht sterben …«

»Du stirbst schon nicht«, meinte Locan Lily knapp. »Etwas frische Luft hat noch niemandem geschadet.«

»Frische Luft?«, erwiderte ich. »Das hier nennen Sie frische Luft? Hier erfriert man doch!«

»So ist das nun einmal im Hochgebirge. Spar dir deinen Atem, sonst verbrauchst du zu viel Sauerstoff.«

Die Leiter, an der wir hingen, schwankte plötzlich, und mir lief es eiskalt über den Rücken.

»Unter uns geht es bestimmt hundert Meter in die Tiefe!«

»Ganz genau. Nur auf dieser Höhe kann eine Schwindelichblume wachsen.«

Ich kapierte es nicht. Mir kam es fast so vor, als hörte ich in seiner Stimme eine gewisse Genugtuung heraus. Als ob das alles völlig normal wäre.

»Hören Sie mal!«, schrie ich ihn an.

Inzwischen versenkte Dusty weiter seine Krallen in meine Jeans.

In aller Seelenruhe fuhr Locan Lily fort, laut aus seinem Notizbuch vorzulesen: »In dieser limitierten Ausgabe des Führers der Imaginären Reisenden heißt es, dass wir einfach der Route der Seilschaft von Mallory folgen müssen, die hier irgendwo gespannt ist … und die … Ach verdammt!«

Mr Lily fluchte, und ich konnte nur noch sehen, wie das wertvolle schwarze Büchlein an mir vorbei in die Tiefe rauschte.

»Hast du es?«, wollte Mr Lily wissen, der über mir hin und her baumelte.

»Sie fragen mich, ob ich es habe? Haben Sie mich jetzt allen Ernstes gefragt, ob ich es habe?«, raunzte ich ihn an. Fast musste ich bei dem Gedanken lachen, dass Mr Lily annahm, ich hätte mich auch nur eine Sekunde von der Felswand gelöst, um das Büchlein zu retten, das ihm aus der Hand gefallen war. »Nein, ich habe es nicht.«

»Dann haben wir ein Problem«, gestand Mr Lily. »Wenn

Aiby erfährt, dass ich es verloren habe, wird sie schrecklich sauer sein.«

»Wegen des Notizbuchs?«, knurrte ich. »Na, wenn das Ihre einzige Sorge ist …«

In diesem Moment machte ich den Fehler, nach oben zu schauen, und da wurde mir erst klar, dass ich nicht die geringste Ahnung hatte, woran die Leiter befestigt war, an die wir uns klammerten.

»DIE IST JA NIRGENDWO FESTGEMACHT!«, schrie ich wieder, als ich sah, dass das obere Ende der Leiter genauso frei in der Luft herumschwang wie das untere.

Mr Lily hatte seine Fliegerbrille aufgesetzt. Ein Lichtstrahl ließ den Metallrahmen aufblitzen. »Das ist eine Elastische Seidenleiter …«, sagte er beleidigt. »Die hält sich von allein. Und wenn du zweimal leicht an ihr ziehst. Und zwar so …«

Schon dehnte sich die Leiter wie Gummi. Augenblicklich wurde ich vom Felsen fortgerissen und ein paar Meter nach unten geschleudert.

»TUUUUN SIIE DAAAS JAAA NIIIIEEE WIEDER!«, flehte ich, während ich verzweifelt nach Halt suchte. Wieder drückte ich mich eng an das Gestein, ließ meine Finger auf der Suche nach einer Spalte über den Fels gleiten und plötzlich fand ich einen …

Einen Haken? Wie konnte das sein?

Sofort sah ich ihn mir genauer an. Ja, ich hatte einen in den Felsen geschlagenen Haken gefunden. Mit einem Ring aus Eisen. Verblüfft steckte ich einen Finger hindurch und zog vorsichtig daran.

»Hier ist ein Haken!«, rief ich. »Ich habe einen Haken gefunden!«

»Was für einen Haken?«

»Keine Ahnung!« Ich tastete mit einer Hand ein wenig weiter herum, doch ich fand nichts, dann streckte ich das Bein, an dem kein Dusty hing, aus, um den Felsen mit dem Fuß zu erkunden. »Etwas weiter unten ist noch einer!«

»Ah, sehr gut!«, rief Mr Lily. »Dann sind wir an der richtigen Stelle. Das muss die Route der Seilschaft von George Mallory sein.«

»Und wer ist dieser George Mallory?«, brüllte ich.

»Ein englischer Bergsteiger, der als Erster hier Haken angebracht hat!«

»Nie von ihm gehört!«

»Das war der erste Mensch, der den Mount Everest 1924 bestiegen hat.«

»Und dann?«

»Er ist nie wieder heruntergekommen.«

Daraufhin klammerte ich mich nur noch fester an der Felsspalte fest. »Sehr beruhigend, Mr Lily. Wirklich sehr beruhigend!«

»Die gute Nachricht ist …«

Den Rest des Satzes konnte ich wegen des Windes, der mir um die Ohren pfiff, leider nicht verstehen.

»Was ist die gute Nachricht?«, fragte ich sofort nach.

»Dass wir ganz in der Nähe der Schwindelichblume sein müssen! Schau dich mal um, Junge.«

»Und wie erkenne ich diese Blume?«

»Sie ist eisblau, nicht viel größer als ein Penny.«

»Okay«, sagte ich, während ich versuchte, sie mir vorzustellen.

»Und wenn ich eine finde, kehren wir sofort nach Hause zurück?«, fragte ich, während ich mich umsah.

»Ja! Streng dich ein bisschen an!«

Aber da war nichts. Absolut nichts. Nur Wolken, Steine und Felsen. Felsen und Steine. Und die Haken zum Anseilen von diesem englischen Bergsteiger. Mr Lily tastete die Felswand in seiner Umgebung ab. Er bewegte sich vorsichtig, setzte erst einen Fuß vor, dann den zweiten, schließlich einen Arm, dann den anderen … Mir wurde allein vom Zusehen schwindelig.

Ich wollte mich bewegen, aber mit einem zappelnden Dusty am Bein war das nicht gerade einfach. Wie eine Spinne hangelte ich mich nach rechts, weil ich den Eindruck hatte, dass es dort mehr Möglichkeiten zum Festhalten gab, während ich gleichzeitig ein Dutzend guter Vorsätze fasste, die ich alle einlösen wollte, falls ich jemals wieder heil nach Hause käme. Ich würde niemals mehr mit Kieseln nach den Schildern an den Hochspannungsmasten werfen. Ich würde Aiby niemals mehr fragen, wie das mit dem Zauberladen genau funktionierte. Ich würde mich niemals mehr bei Doug beschweren, dass es nach Rasierwasser stank, wenn er am Freitagabend aus dem Bad kam. Und ich würde sogar niemals wieder die Schule schwänzen, um angeln gehen.

Okay …, zögerte ich an dieser Stelle. *Vielleicht ist dieser Punkt ja noch verhandelbar …*

Irgendwie kam ich ein paar Meter voran und suchte die

Felsspalten nach dieser dämlichen blauen Blume ab. Und während ich mich davon zu überzeugen versuchte, dass das alles in allem gar nicht so verrückt war, kamen mir die seltsamen Dinge in den Sinn, die mir zugestoßen waren, seit ich die Familie Lily kannte. Ich war von einem Holländer entführt worden, der in einer unverständlichen Sprache redete, ich hatte gegen einen Riesen gekämpft und hatte ihn mit Rätseln geschlagen. Ich hatte mich mit einem Chinesen unterhalten, der in einem Heißluftballon nach Applecross gekommen war, und auch mit einem Argentinier, der, nachdem er sich von allen verabschiedet hatte, in einem lodernden Feuer verschwunden war (er musste zurück nach Feuerland!).

In dem Moment fing mein Hund besonders heftig an zu zappeln.

»Was ist denn los, Dusty?«, fragte ich und sah zu ihm nach unten.

Das war ein Fehler. Man soll niemals nach seinem Hund schauen, wenn man mehr als hundert Meter über dem Erdboden schwebt. Mir wurde sofort wieder heftig schwindelig und mir drehte sich der Magen um.

»Was ist los, Junge?«

Finley, verflucht noch mal. Ich heiße Finley, Finley McPhee, dachte ich, während ich gleichzeitig versuchte, meine Übelkeit zu unterdrücken.

»Dusty …«, murmelte ich. »Versuch bitte, etwas ruhiger zu sein.«

Doch er wollte nicht auf mich hören. Mein Gürtel spannte sich und ebenso der Stoff meiner Hose und im nächsten

Augenblick geschah das Unvermeidliche .... RAAATSCH! machte meine Jeans und rutschte an den Beinen herunter.

»DUUSTY!!«, schrie ich, während mir eiskalte Luft um den Hintern pfiff. Immerhin war ich geistesgegenwärtig genug, die Hacken zusammenzuschlagen, um so Hund und Hose vor dem Absturz zu bewahren.

Dusty strampelte immer noch.

»Warum zum Henker willst du unbedingt auf dem Boden zerschmettert werden, Dusty?«, schrie ich. Und dabei sah ich wieder zu ihm nach unten.

Ohmann!, sagte ich da zu mir. *Ohmannohmann!*

»MISTER LILY!«

»Was ist los?«

»Ich habe diese Blume gefunden!« Dann korrigierte ich mich: »Besser gesagt, Dusty hat sie gefunden!«

»Wo ist sie?«

»Hier unten! Einen oder zwei Meter unter mir ...«

»Was zum Henker ist denn mit deiner Hose passiert?«

»Vergessen Sie es!«, stammelte ich. »Können Sie meinen Hund sehen?«

»Ja!«

»Die Blume, die Sie suchen, ist genau da!«

»Bist du sicher?«

»Ja.«

»Dann lass los!«

»Lass was los?«

»Lass den Felsen los!«

»... MISTER LILY!«

»TU ES EINFACH!«

Er zog wieder zweimal an der Elastischen Seidenleiter, woraufhin diese sich schlagartig ausdehnte, sodass er nach unten sauste. Ich bewegte mich jedoch keinen Zentimeter: Ich klammerte mich weiter am Felsen fest.

»Mein Hund stürzt gleich ab, Mr Lily.«

»Du hast recht!«, rief er glücklich. »Das ist die Schwindelichblume!«

Ich nahm alle meine Kraft zusammen, aber ich merkte, wie meine Schuhe mir langsam von den Füßen rutschten. Dusty jaulte verzweifelt und versuchte, Mr Lily auf den Kopf zu springen.

»Ich hab sie!«, sagte er und hielt ein eisblaues Blümchen in den Fingern, das nur so groß wie ein Penny war.

»MISTER LILY! JETZT MACHEN SIE DOCH WAS!«

Er sah mich mit seiner großen Fliegenaugen-Brille an und lächelte entspannt, als ob es überhaupt kein Problem gäbe.

»Ich habe dir doch gesagt, dass du loslassen sollst!«

»Vergessen Sie‘s!

»Dann fürchte ich, dass du hierbleiben musst!« Locan steckte die Schwindelichblume in eine Innentasche seines Umhangs und pflückte noch eine zweite. »Der Reisestab funktioniert nur, wenn man mit ihm auf den Boden klopft!«

Ich riss entsetzt die Augen auf.

»Auf den Boden« – das hieß mindestens hundert Meter unter uns.

»Nein, Mr Lily!«, rief ich. »Nein, nein, nein!«

»Oh doch.«

WUSCH!

Meine Boxershorts flog davon und mit ihr meine Jeans. Dusty jaulte herzergreifend, doch er konnte sich auf Mr Lilys Schulter retten.

»Jetzt komm schon, Junge. Stell dir einfach vor, du machst das größte magische Bungee-Jumping der Welt!«

Ich hasste Bungee-Jumping. Ganz egal, ob magisch oder nicht. Elastische Seidenleiter hin und Reisestab her, ich konnte mir nicht vorstellen, mich einfach so ins Leere zu stürzen wie in meinen schlimmsten Albträumen. Es sei denn, dies wäre eben doch nur ein Albtraum. Und …

»Eins!«

Und sobald ich aufwachte …

»Zwei!«

… würde ich einfach nur darüber lachen!

»Drei! LOSLASSEN!«

Ich stieß mich leicht nach hinten ab und schloss die Augen. Alles verschwamm, drehte sich, wurde blau und eisig kalt. Ich hörte das überirdisch laute Pfeifen des Windes, Dustys Jaulen. Ich spürte, wie meine Haare vor Kälte abstanden und wie Mr Lily, mir ganz nah und doch ganz fern, rief:

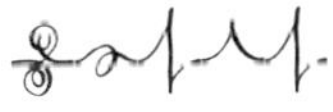

Und während ich fiel, dachte ich, dass ich niemals mehr in meinem Leben etwas denken würde. Und dass In-die-Tiefe-Stürzen eindeutig viel länger dauerte, als ich mir vorgestellt hätte.

Neun Komma acht Meter in der Sekunde. Oh ja! Die Geschwindigkeit bringt dich jedoch nicht um. Auch nicht der Fall aus großer Höhe.

Sondern einzig und allein die Angst.

Viertes Kapitel

Emotion Dehydratation Deemotionalisierung

»Ich bin tot«, sagte ich, als ich die Augen öffnete.

Ich sprach ganz ruhig und ernst, so wie ich es immer in den allerschwierigsten Situationen tue. Über mir sah ich eine feuerrote Zimmerdecke, die perfekt zum Jenseits passte. Ich schloss die Augen, öffnete sie erneut und die feuerrote Zimmerdecke war immer noch da.

Ich war also todsicher in der Hölle.

Ich spürte meinen Körper nicht, oder besser, ich hatte das Gefühl, dass er in Baumwollwolken gehüllt wäre. Als ob er schwebte. In einem dieser stinklangweiligen französischen Filme, die sich Doug ab und zu reinzog, um sich daraus Sätze abzugucken, mit denen er bei den Mädchen punkten konnte, hatte ich gehört, dass unsere Seele einundzwanzig Gramm wiegt.

»Hmm …«, murmelte ich und wunderte mich gleichzeitig darüber, dass ich den Klang meiner Stimme hören konnte. »Hier bin ich also und wiege jetzt einundzwanzig Gramm.«

Plötzlich tauchte Aibys Gesicht über mir auf. Ihre Augenbrauen waren fragend noch oben gezogen.

»McPhee … was faselst du denn da für einen Unsinn?«, flüsterte sie.

Da zuckte ich überrascht zusammen und setzte mich ruckartig auf dem Sofa auf.

»Wo bin ich?«, fragte ich verwundert.

Aiby antwortete mir nicht sofort, sondern wartete ab, als ob ich gleich ein sehr schwieriges philosophisches Konzept formulieren würde, doch als sie merkte, dass von mir nicht mehr zu erwarten war, sagte sie: »Wonach sieht es denn für dich aus?«

Ich schaute mich um. Ein Sofa. Ein Raum mit einer feuerroten Decke. Ein großer Teppich. Die Silhouette eines Hundes, der sich am Boden zusammengerollt hatte …

»Dusty!«

»Er hat alles aufgefressen, was ich in der Küche hatte, und dann ist er vor zwei Stunden hier weggenickt …«, grinste Aiby. »Genau wie sein Herrchen.«

Sie legte mir eine Hand aufs Knie, und so bemerkte ich, dass ich eine karierte Bettdecke bis unters Kinn gezogen hatte.

Ich starrte Aiby an. Sie starrte zurück. *Heiliger Himmel!*, dachte ich. Ich hatte mich gerade mit dem Gedanken angefreundet, dass ich tot und sie einfach nur ein Engel war, obwohl sie keine langen blonden Locken hatte.

Aiby seufzte und stand auf. Sie trug ein weiß-blau gestreiftes Top über einem orange-grünen T-Shirt, und das hing über eine Jeans, deren Beine mit der Schere gekürzt waren. Wie immer sah sie ziemlich abgefahren aus, aber ich fand sie superelegant.

»Mein Vater ist in der Werkstatt, um mit dem Seitengärtner die Schwindelichblume einzusortieren …«

Ich nickte. Ich hatte nur Bahnhof verstanden, also konnte ich nirgendwo anders sein als im Zauberladen von Applecross.

Ich rieb mir die Augen und konnte allmählich weitere Einzelheiten um mich herum erkennen. Ich befand mich in einem winzigen Wohnzimmer, dessen Wände mit Büchern vollgestellt waren. Die Regale waren aus rotem Holz, genau wie der Boden und die Decke, und auf ihnen stapelten sich weitere Bücher in den verschiedensten Farben. Dazwischen standen die merkwürdigsten Gegenstände: ein lederner Elefant mit zwei Knöpfen anstelle der Augen, ein silbernes Säckchen, das kleine Rauchwolken ausstieß, ein Nautilus aus Kristall, ein Zinnsoldat, der im Stechschritt von einer Seite der Bibliothek zur anderen lief, das Bildnis einer sehr eleganten Dame, die von Zeit zu Zeit gähnte oder Grimassen zog. Dusty schlief auf dem Fliegenden Teppich von Sindbad dem Seefahrer, und unter dem einzigen Fenster des Raums war ein winziger Schreibtisch, auf dem ein gewaltiges Buch lag, außerdem stand da eine Schreibmaschine, die immer mal wieder von ganz allein losratterte, eine Truhe, die einen Spaltbreit offen stand und aus der mich zwei Augen verschmitzt anzufunkeln schienen, und ein Piratensäbel glitzerte bedrohlich.

»Wenn du aufstehst, komm hier rüber. Ich erwarte eine Kundin«, sagte Aiby.

Ich erinnerte mich, dass ihr Vater so etwas erwähnt hatte. »Wo … wo warst du eigentlich heute Morgen?«, fragte ich sie.

Aiby durchquerte den Raum und schob einen Glasperlenvorhang beiseite, um ins Zimmer nebenan zu sehen. »Papa!«, rief sie. »Wie weit seid ihr mit der Blume und dem Herbarium?«

Als ich das hörte, fielen mir sofort wieder meine jüngsten Erlebnisse ein, obwohl ich immer noch nicht begriffen hatte, wofür man eine Schwindelichblume, einen Seitengärtner und das Herbarium brauchte. Doch aus der allgemeinen Hektik schloss ich, dass ich jetzt lieber nicht danach fragen sollte – es handelte sich wohl um eine wichtige Kundin.

»Warte auf mich, Aiby. Ich komme mit.«

Ich wollte gerade vom Sofa aufstehen, als mir wieder einfiel, dass ich meine Jeans im Hochgebirge verloren hatte. Knallrot schlüpfte ich schnell wieder unter die Decke.

Aiby warf mir einen Blick zu, der keineswegs so wirkte, als sei ihr irgendetwas peinlich.

»Ich habe dir eine von Papas Hosen auf die Sessellehne gelegt«, sagte sie.

Dann schnaubte sie kurz, ließ die Perlen wieder fallen und ging zu dem Schreibtisch, auf dem das riesige Buch thronte. Als sie es aufschlug, erklang leise eine Trompetenfanfare, und im Raum verbreitete sich ein goldenes Licht.

»Papa!«, rief sie. »Wie oft habe ich dir gesagt, dass du keine Ruhmesblume in das Buch von Uropa legen sollst?«

Ich nutzte die Chance und streifte schnell die Ersatzhose über. Sie hatte sogar meine Größe. Besser gesagt, sie saß wie angegossen. Und schön war sie noch dazu: aus einem robusten, malvenfarbenen Stoff, mit aufgesetzten Taschen unten an den Hosenbeinen, ganz so, wie ich es mochte. Während ich den Reißverschluss zuzog, nahm Aiby eine getrocknete Blume aus dem großen Buch, die in ein Silbernetz gewickelt war.

»Da haben wir sie ja …«, murmelte sie und steckte sie zwischen die Seiten des erstbesten Buches, das ihr unter die Finger kam.

Ich stieg über Dusty hinweg, der keinerlei Reaktion zeigte, und stellte mich neben sie. Sie überflog rasch einige Seiten, die in einer unverständlichen Schrift geschrieben waren. Die Buchstaben tanzten vor meinen Augen, als wären sie lebendig, und ich erkannte sie sofort wieder: Das war Zauberisch, die Geheimschrift aller Menschen mit einer Vorliebe für Magie. Und folglich musste dieses gewichtige Buch das *Große Lexikon der Objekte mit Magie sein*, das wichtigste Buch im ganzen Zauberladen.

»Was suchst du?«, fragte ich sie. Ich hatte den Eindruck, Aiby wäre größer als sonst, aber das kam schon mal vor, wenn sie richtig wütend war.

»Ich überprüfe, ob wir bei diesem Herbarium auch alles richtig machen«, erwiderte sie abwesend.

»Ach so«, sagte ich und folgte ihrem Finger, der über die Zeilen glitt, mit dem Blick. Hin und wieder glaubte ich, ein Wort zu verstehen. Ich hatte die Sprache zumindest ein bisschen gelernt, aber tatsächlich hatte ich immer noch große Schwierigkeiten, sie zu lesen. Diese Zaubersprache, in der Zauberer, Zauberhändler und was weiß ich für Zauberwesen untereinander Botschaften austauschten, bekam ich einfach nicht in meinen Kopf hinein. Zugegeben, ich hatte schon immer so meine Schwierigkeiten mit Fremdsprachen, aber meiner Meinung nach hatte diese Schrift ganz besondere Tücken.

»Wie weit bist du denn mit dem Zauberisch gekommen?«, fragte mich Aiby, als ob sie meine Gedanken lesen könnte.

»Och, na ja, es geht so«, log ich. »Die eine oder andere Einzelheit kriege ich noch nicht ganz mit, aber alles in allem …«

Die einzige Worte, die ich hatte lesen können, waren »verrücken« oder war es »zerdrücken« und »schmücken« und »vergessen« oder »pressen« und »fressen« oder so. Und außerdem »Buch«. Glaubte ich zumindest.

Im Prinzip starrte ich bloß auf eine Abbildung, die mir klarer als sämtliche Worte vorkam: Sie stellte einen kleinen Roboter aus Metall und Schrauben dar, der in einer Hand eine Blume und in der anderen ein aufgeschlagenes Buch hielt. Die Anweisungen des Zeichners schienen zu besagen, dass die Blume auf eine bestimmte Weise zwischen bestimmte Seiten des Buches gelegt werden musste. Und dann … ich hatte nicht den blassesten Schimmer.

Ein Geistesblitz brachte mich dazu, das Buch aufzuschlagen, in das Aiby gerade eben die getrocknete Blume gelegt hatte, und sofort erfüllten wieder die leisen Fanfarentöne und das goldene Licht den Raum.

»Ruhmesblume«, schloss ich und schlug das Buch schnell wieder zu.

»Genau«, meinte Aiby leise. »Sobald der Seitengärtner dir gesagt hat, wie du die Blume zwischen die Seiten eines Buches zusammen mit dem entsprechenden Gefühlsnetz zu legen hast, beginnt der Prozess der Deemotionalisierung …«

Ich starrte sie mit großen Augen an.

»Die Dehydratation oder das Trocknen der Emotionen, die sich in der Blume befinden …«, erklärte Aiby. »Dieser Prozess dient dazu, diese Eigenschaften hervorzubringen und sie auf das Buch zu übertragen, in das sie gelegt wurde … wie der Botaniker Hyeronimus Bock und später Otto Brunfels entdeckt haben … für die *Sammlung der Sprechenden Bücher* des Buchhändlers Laquedem –, aber wo ist die Erklärung der einzelnen Blumen?«, fragte sich Aiby, während sie im Buch blätterte. »Leuchtkraut … Arbeitsblume … Sonnen- und Feriendüfte … Ach, da haben wir es ja: Schwindelichblume, für Atemlose Bücher!«

Ich rückte noch etwas näher an sie heran und nahm den Duft ihrer Haare wahr, und das ganz ohne die Hilfe von Blumen, Herbarien oder besonderer Gärtner. Vielleicht war ja der ganze Vorgang insgesamt ziemlich unnötig, aber diese Meinung behielt ich lieber für mich, da ich wusste, dass Aiby nach Möglichkeit immer sämtliche Anweisungen las und befolgte.

»Papa!«, schrie sie jetzt und schreckte damit Dusty aus dem Schlaf. Sie schlug das *Große Lexikon der Objekte mit Magie* mit einem Knall zu und marschierte entschieden aus dem Raum zur Werkstatt hinüber. Ich hörte, wie sie ihrem Vater ziemlich aufgeregt klarzumachen versuchte, dass in dem Buch stand, es würde mindestens fünf Tage dauern, eine Schwindelichblume zu deemotionalisieren. »Und Adele Babele kommt … genau jetzt!«

Ich legte eine Hand auf den Einband des Buches. Er war dick und robust, von tiefen Rillen durchzogen. Wo ich mit dem Finger drübergefahren war, hinterließ ich eine schwache Leuchtspur, als ob das Papier des *Großen Lexikons der Objekte mit Magie* meine Gegenwart spüren könnte. Die innere Stimme in meinem Kopf riet mir, die Finger von diesem Buch zu lassen, doch ich ignorierte sie, schlug es auf und las das Exlibris auf der ersten Seite. Es war nicht in Zauberisch geschrieben, sondern in lateinischen Buchstaben, die Tinte war stark verblasst und kaum noch auf dem Pergament zu lesen.

Das Große Lexikon der Objekte mit Magie
Von Diamond Lily
868

Ich konnte kaum glauben, dass dieses Buch so alt sein sollte, und doch hatte mir Aiby erzählt, dass ihr Urahn es Jahrhunderte vor der Erfindung des Buchdrucks erschaffen hatte … Als ich mich vorbeugte, um die Seite besser lesen zu können, bemerkte ich, dass die Schrift zu schweben schien, als ob sie in die Luft geschrieben worden wäre.

Hastig schloss ich das Buch wieder und sah durch das Fenster nach draußen: auf das Meer, den klaren Himmel, die Inseln der Bucht, auf die Möwen, die durch die Luft segelten.

Ich schaute mich noch ein wenig unbeholfen im Zimmer um, wie immer, wenn ich es mit Gegenständen aus dem Zauberladen zu tun hatte: Ich traute mich nicht, irgendwas anzufassen, aus Angst, dass mich etwas angreifen, dass etwas explodieren oder sonst etwas geschehen könnte.

Als ich neugierig das Regal mit den Lebendigen Büchern betrachtete, steckte ich gedankenverloren eine Hand in eine Hosentasche. Das war ein Fehler.

Sobald meine Finger in die Tasche geglitten waren, hatte ich das Gefühl, dass jemand sie packte.

»Hey!«, beschwerte ich mich und zuckte zusammen.

Ich versuchte, mich zu befreien, in der festen Überzeugung, dass ich mich geirrt hätte und meine Hand einfach nur zwischen die Falten des Futters geraten war. Aber nein: Meine Hand wurde fest von einer anderen Hand umklammert.

»AIBY!«, rief ich, während ich an meinem Arm zerrte. »Aiby! Entschuldigung! In dieser Hose ist was! Aiby … Kannst du mal kurz herkommen?«

Ich hörte das Tapsen ihrer nackten Füße über das Parkett und dann steckte sie auch schon ihren Kopf durch den Perlenvorhang. »Was ist denn, Finley?«

Ich hob den Ellenbogen des Arms, der in der Hosentasche gefangen war, und sie schlug sich mit der Hand gegen die Stirn. »Ach so! Das hatte ich vergessen! Entschuldigung!«

Ich lächelte sie an, obwohl mir der Schweiß auf der Stirn stand und ich das Gefühl hatte, dass die Hand in der Tasche mich kitzelte.

»Du solltest immer etwas in der Hand haben, wenn du sie in die Tasche steckst, sonst lässt sie dich nicht los.«

»WER lässt mich nicht los, Aiby?«

»Ja, schon gut, du hast ja recht, ich weiß. Das ist eine Magische Innentasche, für alle, die ein paar Dinge mehr mitzunehmen haben und …« Aiby schaute sich um. »Entschuldige mich kurz, sie ist jetzt da!«

Der Traumfänger am Eingang des Zauberladens hatte gerade leise geklingelt.

»Ach verdammt, Aiby, nein!«, fluchte ich vor mich hin. »Du kannst mich doch nicht einfach so stehen lassen!«

Ich trat an den Vorhang, um zu sehen, wer da wohl gekommen war. »Und du lass mich jetzt endlich los!«, knurrte ich diese fremde Hand an, die ziemlich heftig an mir zerrte.

Soeben hatte eine beeindruckend große Frau den Laden betreten, die in abertausend Schichten von schwarzen Schleiern und Spitzen mit Mustern aus Buchstaben, ja ganzen Schriftzügen gehüllt war. Ihr Gesicht war totenbleich und von einer dicken Schicht Puder bedeckt, die Haare waren zu einer merkwürdigen Frisur hochgesteckt, die an einen Sombrero erinnerte. Von ihr ging ein sehr intensiver Duft aus, der mal sehr süßlich, mal etwas bitter roch. Verführerisch und abstoßend zugleich.

Ich zog mich wieder etwas zurück und stellte mich so hin, dass ich gut lauschen, mich aber niemand sehen konnte. Ich hatte noch niemals Geschäftsverhandlungen von Liebhabern magischer Gegenstände miterlebt, und ich wusste, dass diesmal Aiby sie führen würde.

»Willkommen in unserem bescheidenen Laden, Madame Babele«, begann meine Freundin und verneigte sich leicht.

»Oh, die kleine Lily … die kleine Lily!«, meinte die Frau leise. Ein Hauch von Apfelkuchen und verschimmeltem Papier hatte sich um sie verbreitet. »Was für eine schöne Überraschung, dass du bereits hier mitarbeitest! Meine Liebe … Du kommst ganz auf deine Mutter.«

»Ähem … willkommen, Adele …«, räusperte sich Locan Lily, der gerade hinter seiner Tochter aufgetaucht war. Er trug immer noch die Fliegerbrille um den Hals. »Schön, dass du den Weg zu uns gefunden hast.«

»Aber sicher, da ist doch nichts dabei! Ich reise nie ohne meinen Sternenkoffer und der irrt sich niemals bei geografischen Koordinaten … Diese Gegend ist wirklich ganz reizend! Reginald hatte einen guten Geschmack, besonders, was Abgeschiedenheit anbetraf.« Während sie das sagte, stellte die Dame einen alten Koffer auf der Theke ab, der mir sehr bekannt vorkam … Hatte ich ihn schon mal irgendwo gesehen?

»Tja, er verstand sich darauf, wie man Bücher aus dem Meer retten konnte, nicht wahr?«, fuhr Adele Babele fort und kicherte. »Ach ja. Die guten alten Lilys und ihre magischen Seiten.«

»Wir sind immer für Sie da, Madame Babele …« erwiderte Aiby, »für Sie und Ihre beeindruckende Bibliothek.«

»Oh, meine Kleine! Es gibt mehr Dinge, die zu lesen ich nicht schaffe, als Dinge, an die ich mich erinnern kann … Und genau aus diesem Grund wollte ich meine Sammlung getrockneter Blumen etwas aufbessern.«

Mr Lily holte unter der Theke eine Art alten Schuhkarton hervor. Mit angewidertem Gesichtsausdruck öffnete er ihn und schaute hinein. »Es tut mir leid, wenn ich das sagen muss, Adele, aber keine deiner alten Blumen konnte gewechselt oder gerichtet werden …«

»Oh. Das ist aber schade …«

Mr Lily holte einige Silbernetze hervor und die Blumen darin zerfielen schon bei der ersten Berührung zu Staub. »Du solltest sie nicht mehr in Bücher toter Sprachen legen oder sie zumindest alle zwanzig Jahre mal an die frische Luft holen … sonst ist es so, als ob du sie gar nicht besitzen würdest.«

»Ach, das vergisst man halt, Locan, man vergisst es!«

»Und wenn man es vergisst, dann verliert man«, meinte Aibys Vater lächelnd.

Die große Frau schien sich aufzupumpen wie ein Luftballon. Sie atmete einmal tief ein und aus. »Aber so ist es nun einmal«, sagte sie und verströmte dabei ein süßliches Aroma von Bananen, in das sich der abstoßende Geruch nach Stockfisch mischte. »Also, was machen wir jetzt?«, fragte sie ebenfalls lächelnd.

»Was wir tun konnten …«, erwiderte Aiby, »war, die wichtigsten Blumen zu ersetzen, indem wir neue gesucht haben.« Sie breitete auf der Theke einige getrocknete Blumen aus. »Wir konnten für Sie vier Zufriedenblumen fertig machen, außerdem ein Vergiss-Mein, zehn Langweilichblumen und ebenso viele Gesundheitsblumen.«

Bei jeder Blume nickte Adele Babele.

»Auf die Schwindelichbume musst du allerdings noch fünf Tage warten«, beendete Mr Lily die Aufzählung.

»Fünf Tage?«, fragte Adele entsetzt.

»So lange braucht der Seitengärtner, um die Deemotionalisierung durchzuführen …«

»Aber fünf Tage, das ist ja eine Ewigkeit!«

»Wir können Ihnen die Blume in einem Buch fertig zuschicken«, schlug Aiby vor.

»Und in welchem Buch, Kleines? Hm, in welchem? Etwa in einem Buch, das ich noch nicht besitze? Du weißt, dass ich praktisch alle Bücher der Welt habe?«, entgegnete die große Frau und ließ durch ihr Lachen die Schleier ihres Kleides erbeben. »Ach, wo ich so darüber nachdenke … ein Buch gäbe es schon, das ich gern hätte!«

»Das *Große Lexikon der Objekte mit Magie* steht nicht zum Verkauf«, kam ihr Mr Lily zuvor.

Sie verzog schmollend das Gesicht. »Aber vielleicht ist es das ja bald … Man hat mir erzählt, dass sich gerade gewisse Dinge ändern … und es ist allgemein bekannt, dass es keine Läden mehr wie früher gibt.«

»Wer erzählt so was?«

»Gerüchte, andere Familien … Habt ihr davon noch nichts gehört? Es gibt da den einen oder anderen Kollegen von euch, der den Laden allen zugänglich machen möchte, er denkt über die Eröffnung in Einkaufszentren nach …«

»Das geht kaum. Der Zauberladen steht für Diskretion und Tradition, Adele.«

»Aber Diskretion und Tradition sind praktisch gleichbedeutend mit … so gut wie tot?«

Mr Lily schien zornig zu erröten, aber er beherrschte sich. »Immer noch besser so gut wie tot als … so gut wie lebendig.«

Während ihrer Antwort bemerkte ich schaudernd, dass aus ihrer Aufsteckfrisur einige bunte Skarabäen gefallen waren, die davonhuschten.

»Wir können Ihnen einen guten Nachlass gewähren«, mischte sich nun wieder Aiby ins Gespräch. »Und wenn es keinen zuverlässigen Weg gibt, Ihnen die fehlende Blume zukommen zu lassen, können Sie sie ja beim nächsten Mal abholen, wenn Sie wieder in der Gegend sind.«

Adele Babele drehte sich zu ihr um, ihr riesiges blasses Gesicht war rund wie ein Vollmond. Der knallrote Mund wirkte darin wie eine reife Frucht und die Augen wie zwei Stückchen grüner Jade.

»Ein guter Nachlass, Miss Lily? Haha«, lachte sie grimmig auf. »Hört euch dieses Mädchen an! Sie hat mehr Geschäftssinn als du.«

»Zahlung in Gold, wie immer in diesem Laden …«, stellte Aiby klar und zog die getrockneten Blumen zu sich hinüber, ehe Adele Babele ihre juwelengeschmückte Hand darauflegen konnte. »Und bitte immer im Voraus.«

Der Zinnsoldat

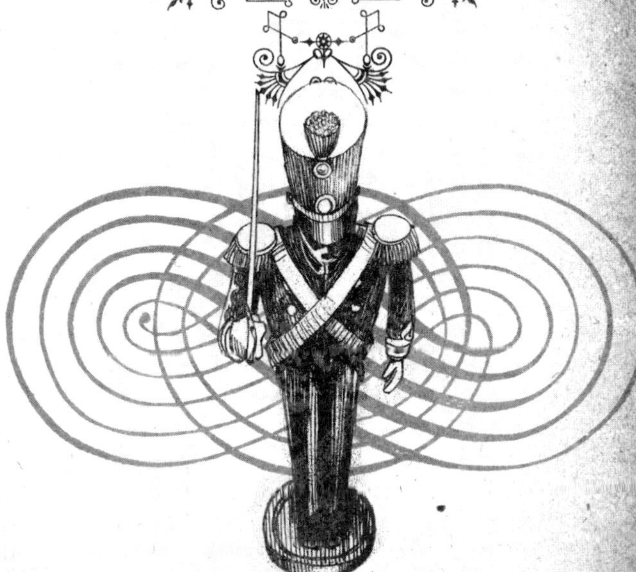

Der Zinnsoldat hält, seinem kleinen Herrn ergeben, immer Wache. Er gehörte dem Zwergenheer an, das 1278 den Kleinstaat Andorra in den Pyrenäen überfiel. Die Zinnsoldaten behaupten, sie wären über das Meer gekommen und zwar unter Führung von Kapitän Lemuel Gulliver, der ihnen eine Karte hinterlassen hatte und sie auf eine nicht näher bestimmte Mission schickte. Nach der Eroberung von Andorra zerstreute sich das Heer in alle vier Himmelsrichtungen. Ein mutiger Unteroffizier dieses Heeres wird in der gleichnamigen Erzählung von Hans Christian Andersen ausgiebig gewürdigt.

Fünftes Kapitel

Fraunanken! Murzen! Vaz!

Sobald Adele Babele gegangen war, riss Mr Lily alle Fenster des Zauberladens auf, um so ihre schreckliche Duftnote zu vertreiben.

»Das ist ja schlimmer, als die Schwindelichblume zu holen!«, rief er aus. »Wir dürfen sie hier nie wieder hereinlassen!«

Die Möwen draußen auf den weißen Klippen begleiteten den Abgang von Madame Babele mit ihrem schrillen Gekreische.

Aiby setzte sich auf den Tresen, ließ ihre langen Beinen baumeln und meinte seufzend: »Wir haben nicht so viele Kunden, Papa …«

»Es geht so lange, wie es geht«, antwortete Locan Lily und holte tief Luft.

»Und wenn es nicht mehr geht?«

»Dann ist eben alles verloren«, sagte er. »Objekte, Zauber, Magier … *Puff*. Das ist der Lauf der Welt. Und Dinge gehen nun mal kaputt.«

So wie sie miteinander redeten, hatte ich das Gefühl, als hätten sie mich vollkommen vergessen. Ich kam mir ein wenig vor wie ein heimlicher Lauscher, und selbst wenn ich keine Ahnung hatte, warum Aiby jetzt auf dem Tresen ihres Ladens lümmelte und seufzte, wusste ich doch, dass das Gesicht meiner Freundin sich oft verfinsterte, wenn ich sie fragte, warum die Objekte mit Magie allmählich verschwanden. Sie hatte mir erzählt, dass der Letzte, der Objekte mit Magie hergestellt hatte, 1789 umgekommen war, als die Zauberkunst von der sogenannten »Revolution der Aufklärer« zerschlagen worden war, aber Aiby fiel es offensichtlich schwer, darüber zu reden.

Also trat ich durch den Perlenvorhang und erinnerte sie daran, dass ich auch noch da war. »Hey!«

Aiby fuhr herum und sah mich entgeistert an, als hätte sie mich tatsächlich vergessen, und ich kramte in meinem Kopf nach einer witzigen Bemerkung, um sie zum Lächeln zu bringen.

»Schwierige Kundschaft, was?«

Die Hand in meiner Hosentasche zog an mir, aber ich versuchte, das zu ignorieren.

Aiby verbarg ihr Gesicht zwischen den Knien und meinte nur: »Nicht mehr als andere.«

»Aber es ist doch gut gelaufen.«

»Wir haben ihr unser ganzes neues Herbarium verkauft, aber … vielleicht haben wir auch eine wichtige Kundin verloren. Na gut, ich würde sagen, wir haben das ganz gut hinbekommen. Danke übrigens, dass du heute Morgen meinen Vater begleitet hast.«

»Ach, nicht der Rede wert«, antwortete ich und dachte dabei, dass ich ja nur zwei Mal ins Nichts gestürzt und schließlich doch ziemlich unsanft auf dem Boden gelandet war … ich versuchte jedoch, das für mich zu behalten. Am liebsten wäre es mir jetzt gewesen, wenn in meinem Gesicht die klare Botschaft gestanden hätte: »Für dich tue ich das und noch viel mehr, Aiby. Du musst mich nur fragen.« Stattdessen sagte ich: »Eigentlich müssten wir uns bei Dusty bedanken … Er hat die Blumen gefunden.«

»Ach ja, die Blumen …«, sagte Aiby leise. »Die hätten wir schon längst holen sollen. Seit einer Woche habe ich jeden Abend gesagt, wir müssen an diesen Seitengärtner denken, aber da war nichts zu machen. Mein Vater hatte jedes Mal etwas Wichtigeres vor.«

»Oh ja, das kenne ich«, log ich. Doch eigentlich hatte mein Vater nie etwas Wichtiges vor. Er machte immer dasselbe: Im Grunde tat er nichts anderes, als mit Doug den Bauernhof zu versorgen. Und er sagte kaum etwas. Höchstens erzählte er mal von alten Zeiten, wovon alte Leute eben so reden, und jeden zweiten Tag beschwerte er sich über das Wetter.

»Na jetzt … ist es eben so gelaufen. Es hat keinen Zweck, dass wir hier dumm mit den Händen in den Taschen rumstehen.«

»Ja, genau … ach übrigens, wo wir gerade davon sprechen …«

»Willst du ihn sehen?«, fragte Aiby mich unvermittelt.

Ich hätte mich lieber mit dem Problem beschäftigt, das meine Hand in meiner Hosentasche festhielt, aber ich fand nicht den Mut, ihr das zu sagen. »Oh, na klar, gern.«

Sie sprang vom Tresen herunter und führte mich in ein Hinterzimmer des Ladens. Jedes Mal wenn wir hier durchkamen, erstaunte mich die Tatsache, wie viel größer das Haus von innen war, als es von außen erschien. Von den Klippen sah es wie ein simples rotes Holzhäuschen aus, mit Blick auf die Reginald Bay, aber drinnen konnte man sich in unzähligen Räumen verlaufen, die meiner Meinung nach ständig ihre Lage änderten und mir das unangenehme Gefühl vermittelten, dass ich mich komplett verirren würde, sobald ich Aiby aus den Augen verlor. Wir durchquerten eine kleine Küche, wo auf dem Herd ein Topf mit etwas vor sich hin kochte, das mir nicht ganz geheuer war. Von dort aus ging es unter einer windschiefen Holztreppe hindurch, die ins Obergeschoss führte, und schließlich kamen wir in Locans Labor.

Ein dunkler, fensterloser Raum, im Innersten des Hauses, der wie die Mischung aus einer Schreinerwerkstatt und dem Kabinett eines Alchimisten wirkte: An den Wänden hingen Hohlmeißel, Sägen und Hämmer, auf den Tischen standen gewundene Gefäße aus Glas, Trichter, Destillierkolben, Spritzen mit Maßeinteilungen und schwach brennende Bunsenbrenner.

»Hier ist er …«, sagte Aiby. »Das ist unser Hyeronimus Bock.«

Auf den ersten Blick schien mir da ein Kind auf der Tischkante zu sitzen, aber als ich näher hinschaute, erkannte ich, dass es sich um einen mechanischen Zwerg aus Emaille, Holz und Metall handelte. Der Seitengärtner hatte ein breites Grinsen im Gesicht, hatte rote Apfelbäckchen aufgemalt und trug eine nicht ganz passende Latzkniehose aus Cord.

Sobald er uns sah, drehte er langsam den Kopf. Dabei klapperte er drohend mit den Kiefern und schrie: »Fraunanken! Fuzzlabein! Frallich von Halles!«

Ich zuckte überrascht zusammen. »Was hat er gesagt?«

»Das versteht man nicht«, antwortete Aiby, die dem Gärtner eine Hand auf den Rücken legte. »So redet er schon, seit wir ihn aufgezogen haben, aber wir haben keine Gebrauchsanleitung mehr für ihn …«

»Murzen! Hopper, hopper! Vaz!«, befahl der Zwerg weiter.

»Das klingt wie Deutsch …«, mutmaßte ich.

»Deutsch, Flämisch, Holländisch … ein bisschen von allem«, bestätigte Aiby. »Er ist in einem ziemlich schlimmen Zustand. Sobald der Mechanismus abgelaufen ist, schauen wir, wie wir ihn wieder in Ordnung bringen. Vielleicht weiß Meb ja, was zu tun ist.«

Natürlich: Meb. Sie war die Schneiderin von Applecross und seit Kurzem zur offiziellen Reparierfrau des Zauberladens ernannt worden. Sie hatte ein sympathisches, vertrauenerweckendes Gesicht und lange kastanienbraune Haare, die sie manchmal blond färben ließ, wenn Mrs Ivana aus dem Schönheitssalon Roddy Rebels sie davon überzeugte, etwas modemutiger zu sein. Meb konnte alles reparieren. Sie wusste auch, wie man zerbrochene Beziehungen zwischen Menschen wieder in Ordnung brachte.

»Bist du sicher?«, fragte ich Aiby und beäugte misstrauisch den grimmig dreinblickenden Gärtner, der mich zackig anschrie: »Flock! Dun Grunz!«

Darüber mussten wir beide lachen.

»Hör mal, Aiby ....«, sagte ich, während ich mich vergeblich bemühte, meine Hand aus der Tasche zu befreien. »Ich will ja nicht nerven, aber ich habe da ein kleines Problem, seit ich diese Hose angezogen habe ...«

»Lernst du auch wirklich, Finley?«, unterbrach Aiby mich.

»Was?«

»Kannst du inzwischen etwas Zauberisch verstehen und lesen?«

»Hm ... ja ... also ...«, stammelte ich. »Sagen wir mal so, ich mache Fortschritte. In meinem Tempo eben, aber ... ich hab ja auch noch so viel anderes zu tun. Weißt du eigentlich, dass ich meinen Job verloren habe?«

»Nein. Und was hast du jetzt vor?«, erwiderte Aiby und suchte etwas zwischen den Abertausenden von Papieren auf dem Tisch ihres Vaters.

»Fraatz! Wragger!«, beschwerte sich der Seitengärtner.

»Das weiß nur Gott. Na ja ... Gott und Reverend Prospero hoffentlich ...«

Da gab mir Aiby ein Etikett. Darauf war ein Wappen mit einem Baum zu sehen, an dem Edelsteine hingen, und darunter prangte die Aufschrift:

SCARSELLI
I MAGNIFICI
FIRENZE – BUENOS AIRES, DAL 1572

Auf der Rückseite standen etwa zehn Zeilen in diesem unverständlichen Zauberisch.

»Und?«

»Das ist die Anleitung, wie du deine Hand aus der Hosentasche befreien …«

»Hör mal, Aiby, ich hab jetzt keine Zeit für solche Spielchen …«, stöhnte ich. »Also ehrlich …«

»Dein ›ehrlich‹ kannst du dir sparen, Finley. Seit über drei Wochen flehe ich dich an, dass du etwas Zauberisch lesen lernst. Drei Wochen!«

»Das tue ich ja!«

»Dann lies einfach! Und befreie dich selbst.«

Ich schwenkte mit meiner freien Hand das Etikett vor ihrer Nase herum. »Aber das ist zu schwer! So gut bin ich noch nicht!«

»Wenn ich dich nicht kennen würde, könnte ich dich für einen absoluten Vollidioten halten, Finley!«

»Das ist in meiner Familie immer noch mein Bruder, falls es dich interessiert!«

»Aha! Wenn du dich da mal nicht irrst!« Aiby biss sich auf die Lippen, als wollte sie etwas zurückhalten.

Ich versuchte es weiter mit Jammern und sagte ihr, dass ich jeden Abend mit dem Wörterbuch üben würde, das sie mir geschenkt hatte, aber dass mir die Buchstaben immer nur wie sinnloses Gekritzel vorkämen. Aiby hörte mir zwar zu, aber sie sagte nichts mehr. Immerhin lachte sie mich nicht aus. Ich kam mir schon selbst wie der letzte Trottel vor und fühlte mich, als säße ich plötzlich wieder in der Schule, wo man mich für meine Faulheit ausschimpfte. Ich stöhnte. Außerdem war ich eindeutig in Schwierigkeiten, deshalb versuchte ich es mit einem anderen Thema. »Ich muss noch mein Fahrrad holen …«, sagte ich knapp, »und nach Hause kommen, bevor meine Eltern sich Sorgen machen.«

Aiby tat so, als lächelte sie mich verständnisvoll an, und ihr Lächeln war gleichzeitig wunderschön und verletzend. »Das wird nicht ganz einfach sein, mit einer Hand zu lenken …«

»Dann hilfst du mir jetzt doch, nicht wahr? Bitte …«

Pass auf, worum du sie bittest, warnte mich die innere Stimme, die ich seit einiger Zeit ab und zu hörte.

»Ich denke gar nicht daran!«

»He! Das ist nicht fair!«

»Ach wirklich? Ist es etwa fair, dass ich all deine Ausreden und Lügen glauben soll, als wäre ich nur so jemand, den du zutexten und mit deinem Gelaber auf den Arm nehmen kannst?«

Achtung, sagte meine innere Stimme.

Verwirrt wich ich einen Schritt zurück. Ich begriff einfach nicht, warum unsere Unterhaltung diese üble Wendung genommen hatte. Natürlich wusste ich, dass Mädchen normalerweise viel komplizierter dachten als ich, aber ich konnte offen gesagt nicht verstehen, warum Aiby mir nicht einfach half, meine Hand aus dieser Hosentaschenfalle zu befreien, sondern stattdessen weiter darauf herumritt, dass ich Lügen erzählte oder Leute auf den Arm nahm. Dass dies nicht mein Tag war, hatte ich schon kapiert. Aber irgendwann muss auch Schluss sein.

»Versuch mal, mich zu überraschen …«, fuhr Aiby fort, »und lies mir die Anleitung der Scarsellis vor.«

»Und wer sind diese Scarsellis?«

Aiby nahm mir das Etikett auf Zauberisch aus der Hand und wedelte damit geringschätzig vor meiner Nase herum. »Die Scarsellis sind eine der sieben Familien, die sich in der Führung des Zauberladens abwechseln. Das war eins der ersten Dinge, die ich dir beigebracht habe!«

»Ach ja, wie dumm von mir: die Scarsellis …«, sagte ich leise und versuchte, mich an die Namen der anderen Familien zu erinnern. Tiago, oder vielleicht Tiao, Van de Maya … und … natürlich die Askells, das waren die schlimmsten von allen.

Aiby gab mir das Etikett zurück. »Na dann viel Glück, Herr Schlaumeier …«

Ich zerrte an meiner gefangenen Hand. »Aiby …«, flehte ich. »Biiitte!«

Sie fuhr sich mit Daumen und Zeigefinger quer über den Mund, um mir zu bedeuten, dass ihre Lippen versiegelt waren. »Da musst du wohl jemand andern bitten … oder es selbst lernen.«

Ich nickte überzeugt. »Okay, dann gehe ich eben zu …«

»Mein Vater wird dir nichts verraten. Außerdem kann er Zauberisch ja nicht mehr lesen.«

»Und warum sollte ich es dann schaffen?«, empörte ich mich.

»Weil du erst dreizehn bist.«

»Ich bin beinahe vierzehn!«

»Und er ist fast vierzig.« Aiby zeigte auf ihre Augen. »Wenn man ein gewisses Alter erreicht, kann man Zauberisch nicht mehr lesen …«

»Ach so«, erwiderte ich. »Na dann …«

Aiby ging in die Küche, wo sie zwei Scheiben Brot mit Schokoladencreme bestrich, und verließ damit das Haus. Ich folgte ihr mit Dusty an meiner Seite, der beim Anblick von Aibys Schokoladenschnurrbart anfing, meinen Knöchel abzuschlabbern.

»Zum letzten Mal, Aiby …«, versuchte ich es wieder.

»Übrigens, Finley …«, sagte sie mit einem Lächeln, das ich ganz und gar nicht mochte. »Findest du nicht, dass ich schön braun geworden bin?«

Alarmstufe Rot, Alarmstufe Rot!, meldete sich jetzt wieder meine innere Stimme. *Frag ja nicht weiter, Finley.*

»Ja … und wie bist du so braun geworden?«

Aibys Lächeln verwandelte sich in ein triumphierendes Grinsen. »Ich hab einen Ausflug gemacht.«

»Einen Ausflug?«

»Ja, genau. Mit jemandem, der wesentlich sprachbegabter ist als du …«

»Meb?«

»Nein, mit einem Jungen. Und zwar einem, der richtig gut aussieht. Der sich bei mir ordentlich ins Zeug legt.«

Ich starrte sie an und begriff zunächst nicht, warum sie mich herausfordernd ansah. Und plötzlich fiel der Groschen, und ich fühlte mich, als hätte mir jemand einen Kinnhaken versetzt. »Nein«, stammelte ich. »Nein, das glaube ich nicht.«

»Das solltest du aber«, meinte Aiby und biss ein großes Stück von ihrem Brot ab. »Ciao, Finley! Komm gut nach Hause!«

Sechstes Kapitel

Erstaunen
Entdeckungen
Eifersucht

Ich war in Rekordzeit zu Hause. Dort ließ ich Dusty an der Tür bei seinem Wassernapf zurück und raste die Treppe hinauf.

»DOUG!«, schrie ich, als ich an der Tür zu seinem Zimmer ankam, und riss sie auf, ohne ein Herein abzuwarten. Überrascht sprang mein Bruder von seinem Stuhl auf, dabei knallte er mit den Knien gegen die Tischkante und ein Stoß Blätter fiel zu Boden. Seit wann hatte Doug denn einen Tisch in seinem Zimmer?

»Verdammt noch mal, Finley!«, jammerte er und massierte seine Knie. »Spinnst du jetzt total, Giftschlange? Mich hätte fast der Schlag getroffen …«

Irgendetwas war hier faul. Was sollte der Tisch hier? Und diese Blätter? Und das riesengroße Buch?

»Dann stimmt es also …«, murmelte ich.

Wo vorher ein Plakat von *Matrix* und einem nicht jugendfreien Film gehangen hatte, der seiner Meinung nach einfach irre war, befand sich jetzt ein riesiges Stück Packpapier, das er mit Klebeband an der Wand befestigt hatte und das überall mit normalen Buchstaben und den Schriftzeichen aus dem Zauberisch-Alphabet bedeckt war.

Ich ging zu diesem müden Abglanz von dem Rosetta-Stein und fuhr mit der freien Hand über das Papier.

»Wie hast du das bloß geschafft?«, fragte ich leise.

Und während meine Finger sanft über diese mir vollkommen unverständlichen Buchstaben glitten, versuchte ich mir darüber klarzuwerden, wie ich mich gerade fühlte: verblüfft, neidisch, hintergangen oder eher wütend?

»Wer hat dir diese Worte beigebracht?«, fragte ich Doug.

»Welche?«

»Was hast du da geschrieben?«

»Hier steht, wenn du nicht endlich aufhörst, mich mit Fragen zu löchern, fängst du dir gleich eine.«

»Mach keine Witze, Doug, ich meine es ernst.«

Doug ließ seine Kniegelenke knacken und sagte nur: »Ich habe meinen Namen geschrieben, was sonst? Und darunter deinen.«

Na klar, dachte ich: Das waren je zehn Zeilen »Doug« und »Finley« in Zauberisch. Und darunter zehn Zeilen lang … »Aiby«. Und jetzt wusste ich auch, was dieses seltsame schwarze Riesenbuch auf Dougs Tisch war.

»Du hast mir Aibys Wörterbuch geklaut, du mieser Schuft!«

»He, mal ganz langsam, Giftschlange.« Doug hob die Arme. »Ich habe dir gar nichts geklaut!«

»Das Buch war in meinem Zimmer!«

»Ja schon … aber es lag unter dem Bett!«

»Und was soll das heißen? Ich renn doch auch nicht in dein Zimmer und schau nach, was bei dir unter dem Bett liegt!«

»Tu dir keinen Zwang an!«, knurrte er zurück. »Und wo du schon mal dabei bist, kannst du dort auch gleich mal saubermachen.«

»Das gehört mir, Doug! MIR!«, schrie ich und baute mich vor ihm auf. Doch dann stand er auf. Und weil ich ihm nicht mal bis zur Schulter reichte, zögerte ich.

»Und jetzt?«

Ich hielt inne und versuchte, einen klaren Kopf zu bekommen.

»Was ist denn das Problem?«, hakte Doug nach. »Und verrätst du mir mal, warum du so krumm mit der Hand in der Tasche dastehst?«

»NEIN, das verrate ich dir nicht!«

»He, Giftschlange. Noch so 'ne freche Antwort und ich werf dich kopfüber auf den Misthaufen!«

»Ich will doch bloß wissen … warum … du … dieses ganze Zeug … aus meinem Buch … lernen willst …«, erklärte ich und betonte jedes Wort einzeln.

»Was denkst du wohl, Einstein?«

Die Antwort stand dort zehn Zeilen lang auf dem Packpapier an der Wand: Aiby.

»Seid ihr zusammen unterwegs gewesen?«, fragte ich.

Doug kratzte sich selbstzufrieden am Kinn. »Ich sehe, Nachrichten verbreiten sich schnell. Wer hat es dir erzählt?«

»Ach, vergiss es«, brachte ich mühsam heraus und wollte es nicht glauben.

»Es war hammermäßig, Giftschlange. Einfach hammermäßig.«

Ich musste schwer schlucken.

»Ich bin ihr vor knapp einer Woche begegnet und …«

Vor einer Woche? Und was habe ich da gemacht?

»Am Freitag«, stellte Doug noch einmal klar.

Was hatte ich bloß Freitag gemacht?

»Ich habe sie vor dem Greenlock-Pub getroffen, wo sie gerade einen Korb Muscheln gekauft hatte, und da hatte ich die Idee, ihr ein paar Worte zu sagen, die ich aus deinem Dingsda gelernt hatte …«

»Es heißt *Wörterbuch des Zauberischen*«, erklärte ich unnötig besserwisserisch.

»Ist mir doch egal … aber es war … WOW!«, rief Doug und klatschte in die Hände.

Wow!?

»Es hätte nicht besser laufen können, wenn ich ihr gesagt hätte, ich heiße William und meine Großmutter wäre die Queen! Das hättest du sehen sollen!«

»Was?«

»So was hab ich noch nie erlebt, Giftschlange!«

»Wie meinst du das?«, hakte ich nach, mittlerweile war mein Mund wie ausgetrocknet.

Er nahm mich in den Schwitzkasten, als wären wir beim

Rugby, und fuhr mir mit den Fingerknöcheln durch die Haare, wie immer, wenn er mir zeigen wollte, dass er glücklich war. »Brüderchen, Brüderchen! Du bist aber neugierig!«

Ich befreite mich und schrie wütend: »Von wegen Brüderchen, Doug! Ich will wissen, was zwischen dir und Aiby war!«

Plötzlich prustete er laut los. Er merkte, dass ich rot wie eine Paprika angelaufen war, legte sich die Hände auf die Knie und sagte ganz gelassen: »Oje, Finley. Jetzt sag mir nicht, dass du das Mädchen auch magst!«

»Nein, ich mag sie nicht!«, schrie ich. Danach feuerte ich einen Satz nach dem anderen in Überschallgeschwindigkeit ab, irgendwelches Zeug, das mir gerade einfiel, so wie ich es auch machte, wenn ich in Geschichte abgefragt wurde, und dabei achtete ich darauf, dass alles so kompliziert wurde, dass am Ende keiner mehr durchblickte: »Ich erledige doch ab und zu was für die dort, und oft sagt Aiby Dinge, die ich nicht verstehe, du weißt ja, wie Mädchen sind, und ich hab dann keine Ahnung, was ich antworten soll und deshalb … Deshalb muss ich wissen, wie die Dinge stehen, oder? So von Mann zu Mann, Doug. Von Mann zu Mann.«

Doug nickte verwirrt. Und, es war unglaublich, er schluckte das Ablenkungsmanöver. »Ach so. Okay. Jetzt ist mir alles klar. Ich hab gerade schon einen Mordsschreck bekommen. Einen Augenblick hab ich gedacht, wir müssten uns wegen einer Frau prügeln … und was für eine Frau. Komisch! Heute Vormittag zum Beispiel, als wir Boot gefahren sind …«

»Ihr seid zusammen BOOT GEFAHREN?!!«, schrie ich

jetzt wieder. Und nur die Tatsache, dass ich nicht beide Hände frei hatte, hielt mich davon ab, ihn am Kragen zu packen.

»Hey … jetzt mal ganz langsam …«, sagte Doug und klatschte mich gegen die Wand. Unser Umgang miteinander war schon immer sehr körperbetont gewesen. »Schrei nicht so, wenn Papa das herausfindet, bin ich geliefert …«

»Was ist das für cine Geschichte mit dem Boot, Doug?«, fragte ich ihn deutlich leiser.

»Es ist Dogberrys Boot«, gestand mir Doug. »Seit der alte Mann tot ist, benutzt es keiner …«

Mr Dogberry war vor drei Wochen an einem Herzinfarkt gestorben. Sein Bauernhof lag etwas von der Küste entfernt, ganz in der Nähe der Überreste des alten Schlosses, das früher den Lilys gehört hatte (und von dem jetzt kaum noch etwas stand, weil ein Riese darüber hinweggetrampelt war).

»Ich fand es so schade, dass es da mutterseelenallein vor Anker lag, und deshalb …«

»Das Boot interessiert mich nicht, Doug … Ich möchte was über Aiby hören.«

»Ihr war völlig egal, wem das Boot gehörte …«, sagte Doug und lachte. »Nein, sie hat mir sogar gesagt, es sei ein sehr schönes Boot.«

Ich seufzte und hoffte im Stillen, dass mein Bruder endlich zum Punkt kam.

»Deshalb sind wir ein bisschen herumgefahren, Richtung Callakille und zum Robha Chuaig. An der Reginald Bay hat Aiby mich gebeten anzuhalten und hat vom Boot aus eine Weile ihr Haus angesehen. Dann sind wir durch die Bucht zur

Insel Rona gefahren ... und ich, Finley ... zum Glück hatte ich den Motor vollgetankt und so sind wir tatsächlich bis dahin gekommen.«

Seit Wochen bat ich meinen Vater schon, mit mir zu den Inseln zu fahren. Nach So Rona, Raasay, Scalpay oder Skyle. Oder wenigstens nach Crowlin oder zu den Zwillingsfelsen Sgeir Thraid und Sgeir Dhearg. Mir hätte schon Guillaman gereicht! Ich wollte von dort Flaschenbotschaften ins Meer werfen und so herausbekommen, von welcher der Inseln die Strömung sie nach Applecross trieb.

»Und dann?«, fragte ich.

Doug zuckte mit den Schultern. »Wir sind dann fast bis zum Leuchtturm spazieren gegangen und ... als wir dort waren, so ganz allein ... und sie aufs Meer hinausschaute, die Meeresluft schnupperte und ein paar Steine suchte, die sie als Erinnerung mit nach Hause nehmen wollte, da habe ich ...«

»Hast du was, Doug?«

»Ich habe sie geküsst.«

Ich erstarrte, als hätte ich mich plötzlich in einen Baum verwandelt und Wurzeln geschlagen. Mir kamen alle, wirklich alle Schimpfwörter in den Sinn, die Sammy Angler in seinem »Handbuch der Schmutzigen Wörter« aufgeschrieben hatte.

»Na ja, eigentlich ...«, berichtigte sich Doug sofort, »habe ich sie nicht richtig geküsst. Sagen wir mal, ich habe sie umarmt und *versucht*, sie zu küssen. Und ... Himmel noch mal, Giftschlange: Hättest du das erlebt. Es war, als würde man probieren, einen Brombeerstrauch zu umarmen.«

»Wem sagst du das«, murmelte ich leise.

Er sah mich merkwürdig an, aber dann zuckte er nur mit den Schultern. »Tja, so war das.«

Da rief uns unsere Mutter von unten zum Abendessen.

»Papa hat heute richtig miese Laune …«, wechselte Doug das Thema.

Ich hielt ihm noch schnell das Etikett der Scarsellis hin. »Sagst du mir, was da steht?«

Er neigte das Etikett ein wenig ins Licht und las langsam wie ein Erstklässler: »*Auf keinen Fall waschen. Immer nur einen Gegenstand nach dem anderen hineingeben. Nicht die Hand schütteln.*«

»Das ist alles?«

»*Wenn es Probleme gibt, das Etikett in die Tasche stecken*«, schloss Doug und gab mir das Etikett zurück. »Kannst du mir sagen, was das bedeutet?«

»Ach, nichts«, log ich. »Ich wollte nur sehen, ob du wirklich Zauberisch lesen kannst.«

Ich griff mir rasch das Warenschild, steckte es in die Tasche, und die andere Hand ließ meine los, als wäre nichts gewesen.

Ich seufzte erleichtert auf und massierte mir meine schmerzenden Finger.

»Weißt du was?«, sagte Doug, als wir die Treppe schon halb hinuntergegangen waren.

»Nein.«

»Wir sind gleich alt.«

»Wer wir?«

»Aiby und ich.«

Um ein Haar hätte ich die nächste Stufe verfehlt.

»Ihr seid gleich alt? Weißt du das genau?«, fragte ich.

»Ja, sie hat es mir gesagt. Sie ist sechzehn, genau wie ich.«

»Das glaub ich nicht …«, murmelte ich.

»Und warum nicht?«

»Ach nichts, nichts. Einfach so.«

Wenn Aiby sechzehn war, bedeutete das, dass ich mindestens zwei Jahre jünger war als sie. Und ich wusste schon, wie solche Geschichten endeten.

»Oh nein …«, jammerte ich leise vor mich hin. »Doch nicht Freunde sein, nein. Alles, aber bloß nicht der gute Freund sein.«

Wörterbuch des Zauberischen
Das Wörterbuch des ZAUBERISCHEN war Teil der Sammlung von
BEN LAQUEDEM aus TURIN, bevor es in den Besitz der Bibliothek vo
VIKTOR AMADEUS II., Herzog von Savoyen, König von Sizilien
und Sardinien, überging. Die Seiten 197, 313 und 616 fehlen un
es finden sich Spuren einer Widmung an eine geheimnisvolle BEATRICE

Siebtes Kapitel

Strandtester Pedaletreter Viehdiebe

»Ich glaube, ich habe das nicht so richtig verstanden …«, sagte ich am nächsten Tag zu Reverend Prospero, als er mir von meinem neuen Ferienjob erzählte. Am Morgen hatte ich die Anweisungen meiner Mutter widerspruchslos befolgt und mich in Anzug und weißem Hemd wie ein Pinguin gekleidet zum Pfarrhaus aufgemacht. Auch mein Vater, der mich im Lieferwagen mitgenommen hatte, war schwer beeindruckt gewesen.

»Du siehst ja aus wie ein kleiner Gentleman …«, hatte er zu mir gesagt. Was bedeutete: »Du tust mir wirklich leid.« Seine Laune hatte sich seit dem Vorabend keinen Deut gebessert, im Gegenteil: Die ganze Fahrt über vom Hof bis ins Dorf hatte er auf seinen Lippen herumgekaut. Wir hatten kein Wort miteinander gewechselt. Er hatte mich vor dem Pfarrhaus hinausgelassen und war dann weiter Richtung Dorfpub gefahren, wo er sich anscheinend mit anderen Züchtern traf. Ob es um die Schafe ging? Er ließ mich in einer bläulichen Abgaswolke zurück, und das Letzte, was ich von ihm sah, war der Reflex der Sonne im Rückspiegel.

»Dann gehen wir doch einfach zu Mr Everett und reden mit ihm«, schlug mir der Reverend vor und nahm sich von der Garderobe neben der Eingangstür eine hässliche schwarze Mütze, die er seit einiger Zeit aufsetzte, um sich gegen die Sonne zu schützen. Was ziemlich lächerlich war, da er damit aussah wie eine alte Oma und hier in Applecross die Sonne sowieso nie lang am Stück schien. Im Greenlock-Pub hing sogar eine Tafel mit den Wetten, welche Sommergäste vom Campingplatz wohl als erste aufgeben und in das Gasthaus der McStays flüchten würden (die bei jedem Sommergewitter die Zimmerpreise verdoppelten).

Während ich Reverend Prospero dicht auf den Fersen folgte, wiederholte ich meine Frage: »Ich glaube, ich habe nicht richtig verstanden, worin meine neue Arbeit besteht, Reverend.« Bis heute Morgen hatte ich noch nie etwas von einem »Strandtester« gehört.

»Nein?«, erwiderte er, während er wie üblich mit weit ausholenden Schritten vor mir herging. »Ehrlich gesagt, ich auch nicht. Allerdings könnte das doch ganz lustig werden, meinst du nicht? Mr Everett behauptet, in Schweden sei das eine sehr populäre Tätigkeit.«

»Sind Sie da sicher?«

»Nein. Aber wenn Mr Everett wirklich einen findigen, jungen Mann braucht, der die Strände von Applecross testet, und wenn er bereit ist, dir dafür auch noch ein wenig Taschengeld zu geben, sehe ich nicht, was dagegensprechen sollte. Und außerdem macht es sich doch gut im Lebenslauf, nicht wahr?«

Diese Meinung teilte ich zwar überhaupt nicht, aber ich hatte nicht den Mut, ihm das zu sagen. Daher trottete ich weiter brav hinter ihm her.

Nun, es stellte sich heraus, dass das Arbeitsangebot tatsächlich ernst gemeint war. Mr Everett war ein exzentrischer Professor im Ruhestand, der durch irgendeinen Zufall des Lebens in Applecross einen Andenkenladen aufgemacht hatte. *Alles für den neugierigen Urlauber* hatte ein kleines Schaufenster, das auf den Marktplatz hinausging, wenn man diesen wirklich einen Platz nennen wollte, und einen Korbsessel neben dem Eingang, auf dem der Professor einen Großteil seines Tages verbrachte. Mit Beginn der warmen Jahreszeit hatte er ein Tischchen dazugestellt, auf dem er große Patiencen legte. Als er uns sah, sammelte er seine Karten ein und steckte sie sich in die Tasche. Dann begrüßte er Reverend Prospero sehr höflich und warf mir einen beiläufigen Blick zu. Ich bückte mich, um eine der Spielkarten aufzuheben, die vom Tisch gefallen war, dabei bemerkte ich, dass sich unter dem Tisch etliche bunte Skarabäen angesammelt hatten. Die Karte war speckig und vergilbt, und als ich sie Mr Everett reichte, sah ich, dass es eine Figurenkarte war. Eine etwas merkwürdig aussehende allerdings. Es war ein Bube und im Eck stand auch das typische »J«, doch statt des Porträts eines jungen Mannes war ein Hund abgebildet.

Ich reichte sie Professor Everett, der bedankte sich bei mir und steckte die Karte schnell ein, dann erklärte er mir etwas genauer, was es mit der Tätigkeit des Strandtesters auf sich hatte: »Die Herausgeber des Reiseführers *All Together World* sind an mich herangetreten ... Den kennst du doch, oder?«

Natürlich nicht, da ich noch nie in meinem Leben verreist war und demzufolge Applecross noch nie verlassen hatte. Der am weitesten entfernte Ort, an dem ich je gewesen war, war der gewesen, in dem das Rugby-Team meines Bruders einmal ein Auswärtsspiel verloren hatte. Und ich kann mich an gar nichts erinnern, weil es geregnet hat.

»Anscheinend bereiten sie eine neue Ausgabe für Schottland vor und ...«, der Professor setzte sich seine Brille auf und konsultierte dann einen Notizzettel, »am wichtigsten sind dabei wohl die Seiten zu den Stränden und dem Wellengang. Wegen der Surfer, hat man mir erklärt. Sie suchen nach besonderen Plätzen, die sie *Hotspots* nennen. Um es kurz zu machen, sie brauchen jemanden, der jeweils einen Tag auf allen Stränden der Gegend verbringt und sie in einem einheitlichen Formular bewertet.«

»Und ... sind sie bereit, auch etwas dafür zu bezahlen?«, fragte Reverend Prospero.

»Selbstverständlich.«

Daraufhin klopfte der Reverend mir so heftig auf die Schulter, dass mir glatt die Luft wegblieb. »Was meinst du, Finley?«

»Toll«, japste ich, während ich versuchte, wieder zu Atem zu kommen. Ich lockerte meinen Krawattenknoten. »Wann soll ich anfangen?«

»Von mir aus sofort«, antwortete der Professor. »Wir müssen bloß noch im Verlag anrufen und dann kann ich dir sofort die ersten Formulare aushändigen. Und danach … hast du etwas, womit du an die Strände fahren kannst? Ein kleines Boot oder ein Mofa?«

Reverend Prospero lachte. »Oder vielleicht ein Auto? Everett, Finley ist doch noch ein Kind!«

Diese Bemerkung traf mich zwar tief, aber ich versuchte, mein Gekränktsein zu überspielen. »Ich habe ein Fahrrad«, sagte ich. »Zumindest hatte ich bis gestern eines.«

»Bestens«, beendete Reverend Prospero das Gespräch. Er erklärte Mr Everett, dass mein Lohn an ihn ausgezahlt werden sollte, als Spende für die Gemeinde, dann verabschiedete er sich herzlich von mir und machte sich auf den Weg, mit seiner merkwürdigen Mütze, die ihm an den Schläfen klebte.

Mr Everett holte die Karten wieder hervor. Er musterte mich und sagte: »Du solltest dir etwas Bequemeres anziehen …« Dann nahm er einen Bund mit zwei Schlüsseln aus der Tasche, machte einen davon ab und knurrte leise: »Der hier ist für den Fall, dass der Laden geschlossen ist, wenn du kommst. Leg deine Sachen einfach hinter die Theke, die Formulare immer ganz obenauf. Und bitte stör dabei meine neue Mieterin nicht. Es hat ewig gedauert, die Hinterhauswohnung zu vermieten. Und jetzt gehe ich die Formulare holen. Gibt es sonst noch etwas zu besprechen?«

»Oh ja«, erwiderte ich und griff nach dem Schlüssel. »Darf ich Dusty mit zur Arbeit nehmen?«

Und so wurde ich zum ersten Strandtester von Applecross. Die Arbeit erwies sich sofort als ziemlich anstrengend. Ich hatte eine Karte, auf der ich die Lage jedes Strandes einzeichnen musste. Ein Handtuch, das ich auf dem Boden ausbreiten sollte, um auszurechnen, wie viele Handtücher für sonnenhungrige Urlauber nebeneinander Platz fanden. Außerdem ein Metermaß mit einem Haken, den man in den Boden rammen sollte, um auszumessen, wie weit man ins Meer hinauslaufen konnte, bis man den Boden unter den Füßen verlor. Eine Messskala, die man vor die Augen halten sollte, um die Höhe der Wellen zu bestimmen. Dann war da noch ein Fragebogen zum Ausfüllen, in dem man die Beschaffenheit des Sandes oder des Kieses beschreiben sollte, außerdem die Felsen, eventuelle Besonderheiten, Algenablagerungen (ich fand eine besonders große davon hinter der Mühle, dort, wo die Straße abfiel, in die man sich hineinstürzen konnte wie in einen Heuhaufen) oder Naturdenkmäler wie der bogenförmige Felsen von Ard na Claise Moire. Es wurde ausdrücklich verlangt, dass ich mindestens drei Stunden am Strand verbrachte, danach sollte ich die Eindrücke und Tiere beschreiben, die ich dort beobachtet hatte, dazu die Dinge, die mir besonders gut gefielen und die, die mir weniger gut gefielen, und schließlich sollte ich noch jeden Strand mit einer Note auf einer Skala von einer bis zu fünf Palmen bewerten.

Wie gesagt, es war ziemlich anstrengend. Vor allem, weil ich, während ich die Wellen, die Algen, die Felsen und die Krebse betrachtete, viel Zeit zum Nachdenken hatte. Und das hieß, dass ich mir ständig neu ausmalen konnte, wie das Treffen zwischen meinem Bruder und Aiby wohl abgelaufen war, was sie zueinander gesagt hatten. Wort für Wort, es machte mich ganz krank. Und ich fragte mich, warum die Welt so ungerecht war. Was ich hier zu suchen hatte. Was eigentlich der Sinn meines Daseins war. Warum ich nicht als Hund auf die Welt gekommen war wie Dusty und ob ich glücklich wäre, wenn ich Stöckchen hinterherjagen könnte. So Dinge eben. Ich war aber nicht richtig traurig. Ich war vielmehr verblüfft, dass ich so empfand, und gleichzeitig war ich wütend. Und da ich nicht so genau wusste, was ich tun sollte, machte ich nichts anderes als Strände testen.

Ich radelte die Küstenstraße rauf und runter und hielt an, wenn ich eine neue Bucht entdeckte, wo ich meine Recherchen fortsetzen konnte.

Manchmal versuchte ich auch, mich abzulenken, indem ich über Professor Everett nachgrübelte. Schon vor der Eröffnung des Zauberladens hatte ich den Verdacht, dass er mehr wusste, als er preisgab. Er wirkte auf mich wie jemand, der etwas sagte und dabei noch drei andere Dinge im Hinterkopf hatte. Was hatte es wohl mit dieser merkwürdigen Liste auf sich, die ich in seinem Laden gefunden hatte, mit den Namen der Lilys und der Askells?

Um mich weiter abzulenken, versuchte ich, an die Schafe zu denken und was wohl der Auslöser dafür war, dass mein Vater so übel gelaunt war.

Ich dachte lange über die Schafe nach.

Allmählich entwickelte ich mich wohl zum Langweiler.

An meinem zweiten Arbeitstag hätte mich Jules beinahe mit seinem verdammten Kastenwagen überfahren. Er raste durch die Straßen mit offenen Fenstern, aus denen laut Abba dröhnte, und als wir hinter einer Kurve aufeinandertrafen, die er soeben scharf geschnitten hatte, grüßte er mich mit einer lässig zum Fenster herausbaumelnden Hand, während ich gezwungen war, mich seitwärts in den Straßengraben zu retten.

Na, der hatte die Ruhe weg. Ich wartete, bis ich nichts mehr von seiner Musik hörte, dann strampelte ich erbost zur Kirche, um mich bei Reverend Prospero zu beschweren. Jemand musste diesen Kastenwagen aus dem Verkehr ziehen. Oder zumindest musste man Jules zwingen, seinen Fahrstil und seinen Musikgeschmack zu ändern.

Ich war anscheinend nicht der Einzige, der mit dem Reverend sprechen wollte. Vor dem Kirchlein des Heiligen Maelrubha hatte sich eine kleine Ansammlung von Menschen gebildet, unter denen sich auch mein Vater befand. Auf den letzten Metern schob ich das Fahrrad und versuchte, möglichst nicht aufzufallen.

»Psst, Dusty, hören wir mal, was passiert ist.«

Es war gerade eine hitzige Diskussion im Gang und einige der Anwesenden schüttelten mit dem typischen schottischen Optimismus den Kopf. Es ging mal wieder um Probleme mit dem Vieh.

»Bei mir sind innerhalb von einer Woche drei Schafe verschwunden«, ereiferte sich einer der Züchter, »und heute habe ich eins im letzten Moment noch einfangen können, ehe es über den Zaun springen konnte.«

»Das ist doch nicht normal! Meine sind auch ganz unruhig!«

»Und jemand hat die Krabbennetze zerstört …«, beklagte sich einer der Fischer. »Einfach durchgeschnitten und abgerissen.«

»Ich habe gehört, wie meine Herde den Mond angeblökt hat, ich schwör's!«, rief jemand. Aber keiner lachte.

Ein Mann fuchtelte mit einem zersplitterten Stück Holz in der Luft herum. »So habe ich meinen Zaun heute Morgen vorgefunden! Schaut doch mal, es sieht aus, als hätte da jemand reingebissen!«

»Ich habe am Waldrand Knochen gefunden. Ich sag's ja, das ist ein wildes Tier. Und zwar ein ziemlich großes!«

Daraufhin erhob sich ein Raunen, das längere Zeit andauerte, und einige der Männer bekreuzigten sich.

»Wenn es ein Tier ist, dann hat es auch meine Hecke gefressen!«, sagte jemand. »Es kommt mir ja merkwürdig vor, denn eigentlich sieht es dort aus, als hätte es gebrannt … aber niemand hat Feuer gesehen.«

»Kein Tier benutzt Feuer. Das sind Diebe! Eine Räuberbande!«

»Aber warum haben sie es auf uns abgesehen? An der Mole lagen zwei lecke Boote, da klafften lange Risse im Deck!«

Wohin man auch sah, überall wurden Köpfe geschüttelt, Arme aufgebracht in die Luft gereckt oder misstrauisch vor der Brust verschränkt. Mich überraschte am meisten, dass die Schafzüchter und Fischer sich hier einander ihr Leid klagten. Normalerweise zogen sie sich eher gegenseitig auf und meinten, wenn man sich die Probleme der anderen anhörte, würde man vorzeitig um zehn Jahre altern. Sie schlossen sich nur dann zusammen, wenn es galt, eine Gemeinheit gegen jemanden aus Lochalsh oder Skyle auszuhecken. Das war ihre griesgrämige Art, das alte Clangefühl aufrechtzuhalten, das uns Schotten so am Herzen liegt. Was sich am besten im Lebensmotto von Jacky dem Blinden wiedergeben lässt: »In meinem Leben mag ja vieles schiefgelaufen sein, aber wenigstens bin ich nicht auf der Insel Rum geboren!«

Die direkt vor unserer Bucht lag.

Vielleicht war ja bei der ganzen Sache viel Aberglauben im Spiel, Übertreibungen und die übliche Jammerei. Tatsache blieb, dass all diese Leute hier zusammengekommen waren, um zu berichten, dass jemand oder etwas die Tiere verschreckte, die Zäune der Höfe und die Netze der Fischer kaputt machte und Schafe klaute.

»Das hat alles begonnen, seit sie den Campingplatz wiedereröffnet haben …«, sagte ein Mann sorgenvoll.

»Das ist Blödsinn, Barragh!«, widersprach ihm sofort mein Vater. »Was hat denn der Campingplatz mit den verschwundenen Schafen zu tun?«

»Jemand muss sie sich doch holen, wenn es kein Tier ist. Und ich glaube nicht, dass einer von uns dahintersteckt.«

»Vielleicht ist es ja der Teufel!«

»Aber meine Herrschaften!«, rief da Reverend Prospero. »Nicht solchen Unsinn!«

»Und was sagt ihr dazu, dass die alte Cumai gestorben ist?«

»Sie war über achtzig, die gute Frau, reicht das nicht?«

»Aber sie war deutlich besser in Form als du und ich zusammen!«

»Im letzten Monat hat es den alten Dogberry erwischt und jetzt die Cumai!«, beharrte der Mann, den mein Vater Barragh genannt hatte. Ich betrachtete ihn genauer, da er mir bekannt vorkam, aber mir fiel nicht ein, wer er war.

»Ich kann daran nichts Merkwürdiges finden«, sagte mein Vater. »Von tausend Einwohnern von Applecross sind gefühlte neunhundertneunzig über siebzig ... Da ist es ganz normal, wenn einer ... von uns geht.«

»Und was sagst du dazu, dass seit ihrem Todestag in der Mühle immer das Licht brennt? Hier im Ort haben das ganz viele beobachtet! Und geht man dann nachschauen, ist niemand da ... Das ist der Teufel, sage ich!«, wiederholte Barragh.

»Also bitte, Herrschaften!«, ging Reverend Prospero erneut dazwischen. »Ich werde mir so einen Unsinn nicht weiter anhören. Lasst die Toten in Ruhe und konzentrieren wir uns auf das Problem mit den verschreckten Schafen ...«

»Und den Netzen ...«, sagte einer der Fischer.

»Ich meine, dass wir einen Detektiv aus der Stadt brauchen. Einen Experten, so einen wie in den Kriminalromanen.«

»Vielleicht brauchten wir eher einen guten Tierarzt!« Der Mann, der das gesagt hatte, versetzte meinem Vater einen freundschaftlichen Klaps. »Nichts für ungut, McPhee.«

Mein Vater verzog das Gesicht. »Wozu brauchen wir einen Tierarzt? Damit er uns sagt, dass unsere Schafe alle gesund sind ... aber dass irgendetwas sie in Angst und Schrecken versetzt?«

»Und dass dieses Etwas auch unsere Netze kaputt macht?«

»Ich sag's doch, wir brauchen einen guten Detektiv!«

»Und wenn wir es selbst in die Hand nehmen und Nachtstreifen aufstellen?«

»Das wäre zumindest billiger, als jemanden von außerhalb zu holen.«

Die Aussicht, günstiger davonzukommen, bewirkte, dass alle ziemlich schnell dem Vorschlag zustimmten.

»Also gut, wir bilden Zweier- oder Dreiertrupps, die jeweils ein Gewehr dabeihaben, und dann laufen wir die Zäune der Höfe ab, von denen die ersten Schafe verschwunden sind!«

»Früher oder später werden wir schon eine Spur finden, stimmt's?«

Die Männer diskutierten noch einige Minuten, dann beschlossen sie, dass man sich am Abend wieder im Pub treffen sollte, um sich auf den neuesten Stand zu bringen, und danach löste sich die Versammlung auf.

Mein Vater und der Mann mit dem sorgenvollen Gesicht blieben zurück, um noch etwas mit dem Reverend zu besprechen.

Ich stieß zu ihnen und tat so, als wäre ich gerade erst eingetroffen, so bekam ich noch den Schluss ihrer Unterredung mit.

»Wir sollten auch bei den Lilys nachfragen«, sagte mein Vater. Und als er mich sah, winkte er mir zu und meinte: »Meine Söhne erzählen nur Gutes über sie. Das sind gebildete Leute, die sind in der Welt herumgekommen und eine zusätzliche Meinung kann nicht schaden …«

Reverend Prospero schien einverstanden, aber der andere Mann war absolut dagegen.

»Weißt du, was ich denke, Camas?«

Camas war der Vorname meines Vater, und jedes Mal wenn ich ihn hörte, erfüllte mich Stolz: Camas McPhee, das war wirklich ein toller Name, das dürft ihr mir glauben.

»Keine Ahnung, McBlack«, entgegnete mein Vater.

Deshalb war mir der Mann so vertraut und doch so unbekannt vorgekommen. Die McBlacks waren die eigenbrötlerischste Familie der ganzen Halbinsel. Sie lebten in einem abgeschiedenen Haus, das man nur die Villa des Grauens nannte. Seit Jahren hatte niemand aus Applecross einen Fuß dort hineingesetzt und die Familie kam auch eigentlich nie in den Ort.

»Die Lilys gefallen mir ganz und gar nicht.«

»Das überrascht mich nicht … Wann hätte dir schon mal jemand gefallen?«

»Das meine ich ernst. Diese ganze Angelegenheit darf man nicht unterschätzen …«

»Blödsinn«, erwiderte mein Vater.

Darauf folgte eine lange Pause.

»Sie hatte sich für den Marathon von Inverness angemeldet«, sagte dann Reverend Prospero aus heiterem Himmel.

Die anderen beiden starrten ihn überrascht an.

»Ihr wisst doch, dass die alte Cumai sehr sportlich war, oder? Na ja, sie hat trainiert, um am Marathon von Loch Ness am 30. September teilzunehmen.«

»Ist es nicht merkwürdig, dass sie ausgerechnet jetzt einen

Herzinfarkt hatte?«, raunte Barragh McBlack. »Irgendetwas ist da faul …«

Etwas war hundertprozentig faul.

Während Barragh McBlack sich entfernte, sah er aufs Meer hinaus, als ob er eine Vorahnung hätte.

Ich dagegen dachte, dass man die alte Cumai wohl zu Recht als verrückt bezeichnet hatte, wenn sie wirklich der Meinung gewesen war, sie hätte mit achtzig noch einen Marathon laufen können.

Achtes Kapitel

Der Mann
Der Junge
Der Vater

Ich konnte nicht schlafen.

Ich starrte die Vorhänge in meinem Zimmer an, die sich leicht im nächtlichen Luftzug bewegten. Ich dachte an nichts Besonderes, mir gingen einfach viele Dinge durch den Kopf.

Wie so oft brachten mich meine Gedanken ins Schwitzen und ich schob die Bettdecke weg.

Der Himmel war klar wie selten hier und es war eine ungewöhnlich warme Nacht. Mein Vater hatte allein zu Abend gegessen und war dann mit dem Lieferwagen weggefahren, um bei den Mulligans seine Runde zu drehen.

»Hältst du das wirklich für eine gute Idee?«, hatte ihn meine Mutter gefragt.

Er hatte ihr nicht geantwortet.

Bei uns war noch kein Schaf verschwunden, aber unsere Tiere wirkten auch unruhiger als sonst. Statt über die ganzen Wiesen verteilt zu weiden, drängten sie sich hinter dem Hof zusammen.

Möglichst weit weg vom Wald.

Mama hatte schweigend zu Ende gegessen, und wir waren, ohne ein Wort zu sagen, in unsere Zimmer hinaufgegangen.

Papa war bis weit nach Mitternacht weggeblieben, und als er zurückgekommen war, hatte er erschöpft gewirkt. Ich hatte das an der Art gehört, wie er hereingeschlurft war, die Stiefel in den Flur geschleudert und langsam die Treppe hinaufgestiegen war, als wären seine Beine bleischwer gewesen. Was auch immer dort draußen war, sie hatten es nicht gefunden.

Auch deswegen konnte ich kein Auge zutun. Ich hatte Angst.

Angst vor etwas Unbestimmtem und Unbestimmbarem, das die Fischernetze in der Bucht zerstörte und Schafe stahl. Und das ohne ein erkennbares Motiv oder einen Plan.

Selbst Dusty kam mir nervös vor: Er bewegte die Pfoten in der Luft, als träumte er, er würde jagen oder vor etwas davonlaufen.

Bei seinem Anblick musste ich lächeln und drehte mich im Bett um.

Dann stand ich auf und ging zum Fenster.

Draußen am Nachthimmel funkelten zahllose winzige Sterne und ihre unnahbare Ferne erinnerte mich daran, wie unwichtig unsere Probleme doch waren.

Aiby.

Die Schafdiebe.

Die Fische.

Mr Dogberry und dann noch die alte Cumai. Jetzt hätte ich ihre Hilfe gut gebrauchen können, um die merkwürdigen Vorkommnisse in unserem Dorf aufzuklären. Meiner Meinung nach hatte die Cumai bestimmt so einiges gewusst, seltsame und ausgefallene Geschichten, vielleicht auch welche über Fabelwesen aus der Umgebung, und deswegen hatte ich sie immer besuchen wollen, damit sie mir davon erzählte. Aber ich hatte diesen Plan vor mir hergeschoben und jetzt war es zu spät. Ich ließ meinen Blick über die ins Mondlicht getauchte Landschaft schweifen. Und da …

Sah ich ihn.

Er stand unbeweglich am anderen Ende der Wiese.

Und er blickte auf unser Haus.

Ich war wie gelähmt. Die Wiese vor unserem Hof sah aus wie ein silberner See, der am Waldrand endete. Dort entdeckte ich den Schatten eines Mannes, auf dessen Gesicht etwas glitzerte, was mich an den Reflex der Abendsonne im Rückspiegel vom Lieferwagen meines Vaters erinnerte.

Der Mann war beeindruckend groß und breit, er trug einen knöchellangen braunen Umhang, so als wäre er aus vielen kleinen Stoffstücken zusammengefügt. Er hielt die Hände vor der Brust und bewegte sie merkwürdig kreisend, als würde er die Perlen eines Rosenkranzes beten.

Ich spürte einen Kloß im Hals und ein Grummeln im Bauch.

Es gab keinen Zweifel: Der Mann sah zu unserem Haus herüber.

»Dusty…«, rief ich leise in die Dunkelheit, und das genügte schon, dass mein bester Freund aus dem Schlaf hochschreckte.

Lautlos schlichen wir die Treppe hinunter, ich barfuß, und als ich das Fliegengitter nach außen aufstieß, bekam ich eine Gänsehaut, obwohl es gar nicht kalt war. Langsam entfernte ich mich vom Haus, alle Sinne bis zum Äußersten gespannt, während Dusty seine Nase witternd in die Nachtluft streckte.

Von dem Mann war nichts mehr zu sehen.

»Er stand doch gerade noch dahinten …«, erklärte ich meinem Hund und zeigte auf das Ende der Wiese und den Zaun. Und dann rannte ich los, ohne groß nachzudenken. Dusty folgte mir zögernd und knurrte dazu misstrauisch.

Wenn man nachts barfuß über eine Wiese läuft, ist das Gras selbst im Sommer so kalt, dass es sich wie Eissplitter in die Fußsohlen bohrt. Der Boden dagegen ist warm und grobkörnig. Da war ich nun draußen in der Nacht und verfolgte den Schatten eines Mannes, den ich dabei beobachtet hatte, wie er vom Waldrand aus unser Haus angestarrt hatte. Und ich hatte Angst.

Wer war dieser Mann? Und was wollte er hier?, fragte ich mich. *Hatte ich ihn wirklich gesehen oder träumte ich bloß?*

Dusty lief neben mir her, und dass er da war, gab mir Sicherheit. Kaum hatten wir die Stelle erreicht, an der ich den Unbekannten zu sehen geglaubt hatte, schnupperte Dusty aufgeregt am Boden, reckte seinen Schwanz schnurgerade in die Höhe wie eine Antenne und bleckte die Zähne.

»Riechst du ihn, Dusty? Riechst du ihn?«

Sein Fell sträubte sich und er knurrte jetzt. Er lief ein wenig weiter, dann scharrte er wild im Gras, als wollte er es ausreißen.

»Ja, braver Hund. Brav«, sagte ich zu ihm, und ich war sehr froh darüber, dass er etwas gefunden hatte. »Wo ist er hin? Wo? Ist er hier lang, in diese Richtung?«

Ich stützte mich auf dem Zaun ab und fragte mich abermals, wer dieser Mann war. Ein Viehdieb, ein Jäger oder etwa ein Landstreicher?

Geh nach Hause, sagte da plötzlich diese Stimme in meinem Kopf.

Die Sterne über uns am Himmel schienen heute besonders hell zu funkeln. Die Blätter der Bäume am Waldrand raschelten alle zugleich, als würden sie durch eine leichte Brise bewegt, die jedoch nicht bis zu mir am Zaun vordrang. Waren das Anzeichen dafür, dass jemand dort entlanglief?

Ich kniete mich hin. Dusty nahm das als Signal, zu mir zu kommen. An der Stelle, wo ich den Mann gesehen hatte, war das Gras vertrocknet, tot. Verbrannt.

Geh nach Hause, warnte mich meine innere Stimme wieder.

Im gleichen Moment hörte ich aus dem Wald so etwas wie ein Rufen, eine honigsüße Stimme, die mich aufforderte, über den Zaun zu steigen.

Ich setzte einen Fuß auf eine der Holzlatten, zog mich mit den Händen hoch und stellte mich ganz darauf. Ich lauschte. Dann hörte ich ein Rauschen.

Ein Rauschen wie von Gras und Zweigen, von Blättern und …

»Finley?«, hörte ich da jemanden hinter mir.

Etwas drängte sich in das Rufen aus dem Wald. Wirbelte meine Gedanken auf wie einen kleinen Stein, den jemand in einen stillen See geworfen hatte.

Die Stimme kam vom Haus am anderen Ende der Wiese. Ich drehte mich um.

Dort stand mein Vater in der Tür. Er war barfuß, seine Haare waren zerrauft und er hatte dunkle Schatten unter den Augen. Er hatte sein Gewehr bei sich, dessen Lauf bedrohlich funkelte.

Ich balancierte weiter auf dem Zaun und winkte meinem Vater, um ihm zu zeigen, dass ich es bloß war.

»Komm sofort her …«, rief mein Vater von der Türschwelle aus. Doch seine Stimme erreichte mich kaum.

Ich schaute noch einmal zum Wald, zu den Spuren im Gras, und jetzt fiel mir auf, dass alle Geräusche verstummt waren. Es war kein Rufen mehr zu hören, keine einschmeichelnde Stimme aus dem Dunkel des Waldes. Und auch kein Blätterrauschen.

Langsam stieg ich vom Zaun herunter und ging zurück zum Haus, gefolgt von Dusty, der sich ab und zu umdrehte.

»Was wolltest du denn da draußen?«, fragte mich mein Vater, als ich bei ihm war.

Er sah nicht mich an, sein Blick wanderte über die Wiese, den Zaun und den Wald. Dann betrachtete er unsere Schafe, die sich hinter dem Haus eng aneinandergedrängt hatten.

»Ich weiß nicht«, antwortete ich und zeigte zur Wiese. »Mir kam es so vor, als hätte ich dort jemanden gesehen.«

»Geh sofort hinein, Finley«, befahl mir mein Vater.

»Vielleicht hab ich mich ja geirrt.«

Mein Vater hob noch einmal sein Gewehr, dann ließ er es langsam sinken. »Darum kümmern wir uns morgen.«

»Da war ein Mann. Ein sehr großer Mann in einem langen Umhang. Aber mir kam er gar nicht gefährlich vor.«

»Da war niemand«, antwortete mein Vater.

Uns war jedoch beiden klar, dass wir nicht die Wahrheit gesagt hatten. Wir liefen ins Haus, schlossen das Fliegengitter und die alte Holztür hinter uns und machten uns in der Küche Tee. Keiner von uns sprach ein Wort.

Als die Morgendämmerung anbrach, gingen wir endlich wieder schlafen.

Neuntes Kapitel

Langeweile Schachteln Geheimnisse

An nächsten Tag fühlte ich mich irgendwie merkwürdig. Beim kleinsten plötzlichen Geräusch, einem leichten Lufthauch oder einer abrupten Bewegung bekam ich sofort eine Gänsehaut. Das fiel sogar meiner Mutter auf.

»Ist alles in Ordnung mit dir, Finley?«, fragte sie mich, als sie sah, dass ich mein Frühstück kaum herunterkriegte.

Ihre Stimme hörte sich weit entfernt an, wie ein Echo. Wahrscheinlich kam es mir nur so vor, weil ich kaum geschlafen hatte.

»Ja«, antwortete ich.

Papa war schon weg. Ich fragte, wo er denn hin sei, aber sie wusste es nicht.

»Er ist mit dem Lieferwagen weg. Bestimmt ins Dorf.«

Ich nahm meine Tasse Kakao und verließ das Haus. Jetzt bei Tag kam mir die Wiese vor dem Haus viel kleiner vor. Ich konnte nicht glauben, dass mir der Weg bis zum Wald in der vorigen Nacht so lang erschienen war.

Dusty entfernte sich keinen Meter von mir, er folgte jeder meiner Bewegungen, und als wir wieder den Zaun erreichten, stellte er sich auf die Hinterbeine und bellte den Wald an. Das Gras der Wiese sah überall gleich aus, es gab weder dunklere Stellen noch irgendwelche Abdrücke mit vertrockneten oder verbrannten Halmen.

Dann kehrte ich um und ging zu den Futtertrögen.

»Doug?«

Mein Bruder zerrte gerade einige Säcke Viehfutter über den Hof.

»Was gibt's, Giftschlange?«

»Hast du jemals von Männern gehört, die im Wald leben?«

Er sah mich verblüfft an. »Wie meinst du das?«

»Männer, die im Wald leben«, wiederholte ich.

»Und was machen die da im Wald?«

»Weiß ich nicht«, antwortete ich. »Deshalb frage ich dich ja.«

Offensichtlich wusste Doug nicht, wovon ich sprach, daher störte ich ihn nicht weiter bei der Arbeit – nicht dass er noch auf die Idee kam, ich könnte ihm helfen. Ich brachte die Tasse zurück ins Haus, nahm mir ein Stück vom Obstkuchen, den meine Mutter gerade frisch aus dem Ofen geholt hatte, und schwang mich auf mein Fahrrad. Ich hatte die ausgefüllten Formulare für die Strandkontrollen und dazu noch einige leere eingepackt, aber ich hatte überhaupt keine Lust auf Arbeit. Deshalb fuhr ich aus dem Dorf hinaus, die Küstenstraße rauf, am Bach, der Mühle und den Klippen vorbei, und bog auf der Höhe der Reginald Bay in Richtung Meer und Zauberladen ab.

Sobald ich das sonderbare Schild mit dem Pfeil erreicht hatte, stieg ich vom Rad, durchquerte hastig zu Fuß das Waldstück und fand mich kurz darauf auf dem Pfad mit den weißen Steinen der kleinen Bucht wieder. Um mich herum kreischten Möwen, Dusty bellte wie verrückt und tat so, als würde er sie jagen.

Vor dem kleinen roten Holzhaus blieb ich stehen. Die Ladentür stand offen und im ersten Stock wehten die Leinenvorhänge in den Fenstern.

Ach, was soll's, sagte ich mir. *Ich brauchte sie jetzt. Sie und nur sie.*

»Aiby!«, rief ich. »Aiby! Bist du da?«

Mit einem lauten Schrei glitt eine Möwe über meinen Kopf hinweg, bevor sie über dem Meer verschwand.

Ich wartete.

»Aiby?«, rief ich noch einmal.

Es kam mir vor, als wäre die Zeit zurückgedreht und ich stünde wieder mit umgehängter Posttasche und einem mit goldenen Buchstaben beschrifteten Briefumschlag vor dem roten Haus. Dann erschien Aiby endlich am Fenster im ersten Stock. Sie hatte das übliche beruhigende Lächeln auf den Lippen. Sie freute sich, mich zu sehen.

»Also hast du dich aus deiner Hose befreit!«, rief sie.

»Das war nicht meine«, erinnerte ich sie.

Sie lehnte sich auf das Fensterbrett und lächelte mich weiter an. Die Bucht war erfüllt von dem Rauschen der Wellen und dem immer heftigeren Klopfen meines Herzens.

Alles andere ist mir egal, dachte ich. *Ich brauche nur sie.*

»Kommst du runter?«

»Hast du Post für mich?«

»Nein. Aber wir müssen reden.«

Und kaum, dass sie mir gegenüberstand, legte ich los: »Da ist jemand in Applecross.«

Sie hatte eine Tasse Milch und eine alte Keksdose in den Händen, mit der Aufschrift:

THE DARK CHOCOLATE
GRIMM COOKIES BOX

Sie bedeutete mir, ihr zu folgen. Am Rand der Klippen blieben wir stehen, und da fiel mir auf, dass die Stufen der Treppe, die hinunter zum Meer führte, repariert worden waren.

»Mein Vater möchte dort einen Bootssteg bauen. Wär doch nett, ein Boot zu haben, meinst du nicht?«, fragte sie mich.

»Ja«, murmelte ich abwartend. »Klingt nach einer guten Idee.«

»Er ist rüber ins Dorf, um ein paar neue Bretter für die Stufen zu holen«, erklärte sie mir.

Wir setzten uns auf den Rand der Klippen, sodass unsere Füße im Leeren über dem Meer baumelten.

»Und? Was ist jetzt mit diesem Jemand?«

»Ehrlich gesagt, weiß ich das nicht. Ich habe ihn gestern Abend gesehen, nein, eigentlich heute am frühen Morgen, kurz vor Sonnenaufgang. Er stand am Ende der Wiese vor unserem Hof … und beobachtete mich.«

»Und woher weißt du das?«, fragte Aiby. Sie machte die Dose auf: Darin waren zwei Kekse. Sie nahm einen heraus. Ich wollte schon nach dem anderen greifen, als sie die Dose wieder schloss. »Nein, warte.« Sie tunkte ihren Keks in die Tasse mit der Milch und aß ihn in drei Bissen auf. »Das Schwierige bei Keksen ist, sie gerade so weit aufzuweichen, dass sie nicht auseinanderbrechen …«, erklärte sie mir. »Sonst hast du verloren.«

Als sie die Dose abermals aufmachte, lagen wieder zwei Kekse darin.

»Donnerwetter!«, staunte ich. »Ist die etwa magisch?«

»Inzwischen ist sie ziemlich ramponiert. Anfangs füllte sie sich jedes Mal, wenn man sie schloss, bis an den Rand mit Keksen, aber ich glaube, beim letzten Umzug hat sie etwas abbekommen. Jetzt muss man immer daran denken, ja nicht alle aufzuessen und mindestens einen Keks übrig zu lassen, bevor man sie zumacht.«

Ich hatte den Eindruck, dass sie mir nicht einmal zugehört hatte.

»Aiby, hast du irgendetwas von dem verstanden, was ich dir eben erzählt habe?«

»Wie steht es mit dir?«

Ich nahm einen Keks und tunkte ihn in die Milch. »Das ist eine ernste Sache.«

»Alle Probleme sind ernst«, antwortete sie.

»Ich meine es aber wirklich so.«

»Ich auch.«

Mein Keks zerbrach, und der Teil, den ich nicht in den Fingern hielt, plumpste mit einem ziemlich traurigen, dumpfen Geräusch in die Tasse.

»Es ist gar nicht so leicht zu erraten, wann der richtige Moment gekommen ist«, meinte Aiby.

Ich hatte es kapiert. Also stand ich auf und wandte mich um. Die Sonne der letzten Tage hatte Aibys Haut einen warmen Bronzeton verliehen, und sie hatte dunklere Sommersprossen bekommen, die ihre grünen Augen noch besser zur Geltung brachten. Und der Wind spielte mit ihren langen Haaren.

»Du wirst es mir niemals sagen, stimmt's?«

Aiby schloss und öffnete die Keksdose. »Was?«

»Das weißt du ganz genau.«

»Was denn?«

Kekskrümel landeten auf ihrem Top.

Ich seufzte. »Wann wirst du mir endlich die Wahrheit über dich und Doug erzählen?«

Aiby riss überrascht die Augen auf. »Die Wahrheit über … was?«

»Die Wahrheit, Aiby. Ich bin bereit, sie zu ertragen.«

Aiby lachte. »Das freut mich wirklich sehr, aber ich weiß im Moment einfach nicht, wovon du redest.«

Jetzt hatte ich das Gefühl, dass sie mich auf den Arm nahm. Und das gefiel mir ganz und gar nicht. Deshalb stapfte ich verärgert los, ich wollte bloß noch weg.

»Finley?«

»Ruf doch Doug, wenn du was brauchst!«

»Doug? Und warum sollte ich Doug rufen?«

Ich blieb nicht stehen. Stur marschierte ich weiter. »Ich hab's begriffen. Es ist nichts dabei, sich von ihm im Boot zu den Inseln fahren zu lassen, um was auch immer zu tun und mir nichts davon zu sagen. Da ist doch gar nichts ...«

»... langweilig ...«

Ich blieb stehen. Eine Möwe starrte mich aus nächster Nähe an, als wollte sie sehen, ob ich wirklich wegwollte.

»Was hast du gesagt?«, fragte ich.

»Ich habe gesagt, dass ich mit Doug unterwegs war, um Langweilichblumen für das Herbarium von Adele Babele zu suchen.«

Ich kniff ein paar Mal verwirrt die Augen zusammen und starrte die Möwe an.

Langweilichblumen?

»Und ... äh ... wie findet man Langweilichblumen?«, fragte ich tonlos.

»Was meinst du wohl, Superhirn?«, machte sich Aiby vom Rand der Klippen aus über mich lustig. Ich hörte, dass sie die Keksdose wieder öffnete und schloss.

Ich biss mir auf die Lippe. »So viele Kekse sind bestimmt nicht gut für dich.«

»Machst du dir Sorgen um mich?«

Ich seufzte tief. Die Möwe flog davon und ich drehte mich ruckartig um. Ohne dass ich es gemerkt hatte, war Aiby aufgestanden und zu mir gekommen. Plötzlich fand ich mich in ihren Armen wieder. Ich hielt die Luft an, meine Nasenspitze berührte ihren Hals und ihre Haare kitzelten in meine Augen.

»Finley ... also bitte ...«, sagte sie zu mir und drückte mich fest an sich. »Hörst du endlich auf, dummes Zeug zu reden? Und jetzt, wo ich fertig bin mit Frühstücken, erzählst du mir bitte noch einmal von Anfang an, warum du hier bist?«

Das war mir mit einem Mal völlig egal. Ich wäre am liebsten für immer in dieser Umarmung versunken, aber ich zwang mich, etwas zu sagen, obwohl ich mich fühlte, als hätte ich plötzlich Orangensaft statt Blut in den Adern. »Da war ein Mann, der ist aus dem Wald gekommen. Er hat unser Haus angestarrt, als würde er es kennen.«

»Ein Mann, Finley? Einfach nur irgendein Mann?«

»Nein«, antwortete ich. »Er hatte irgendetwas ... Besonderes an sich.«

»Etwas Magisches?«

»Ja, etwas Magisches«, bestätigte ich. »Und etwas Gefährliches.«

Zehntes Kapitel

Bücher Bäume Büsche

Familie Lily hatte sich auf Bücher spezialisiert. Und jedes Mal wenn Aiby etwas wissen wollte, zog sie diese zurate. Aiby und ihr Vater hatten mir erklärt, dass die verschiedenen Familien, die den Zauberladen abwechselnd führten, unterschiedliche Interessen entwickelt hätten und ihr Angebot entsprechend ausrichteten. Und bei den Lilys waren es seit jeher Bücher. Die Scarsellis hatten sich für Kleidung, Accessoires und Schmuck entschieden; die Tiagos konzentrierten sich auf Heißluftballons, Zaubertricks und alles, womit man die Zukunft vorhersehen konnte; die Askells machten Geschäfte mit dem Jenseits, und das mitunter auf ziemlich riskante Weise.

Um herauszufinden, was ich gestern Nacht gesehen hatte, brachte Aiby mich in ihre Bibliothek.

Dort gab es Zauber- und Kochbücher (der Unterschied zwischen beiden war, dass Erstere von außen, die anderen von innen auf unseren Körper wirkten), Landkarten von dieser und vielen anderen Welten, eine Ausgabe der Briefmarkensammlung der imaginären Orte von Donald Evans, die Reisetagebücher von Ulysses Moore und die unveröffentlichten vier Abenteuer von Lemueld Gulliver. Dort gab es Ratgeber, wie man in den Wolken lesen konnte, und den *Atlas der Hinfahrten*, das Buch, das man nur im Dunkeln, und das Buch, das man nur mit einem Spiegel lesen konnte. Aiby stieg eine auf Rollen verschiebbare Bibliotheksleiter hinauf und sah in den oberen Regalen nach, wo alle Bücher mit »M« zu finden waren.

»Hier haben wir's ja – *Männer*: Außergewöhnliche Männer … Blaue Männer… Schweigende Männer …«

Ich hätte niemals sagen können, wie viele Zauberbücher in diesem Raum Platz fanden, und ich hatte auch nicht die geringste Vorstellung davon, wie man sie alle hierhergeschafft hatte.

»In einer Tasche«, erklärte Aiby. »Wir haben sie nach einem alten Rezept der Katharer gefriergetrocknet und später Tinte hinzugefügt und sie so wieder in ihren ursprünglichen Zustand zurückverwandelt.«

»Du nimmst mich auf den Arm, oder?«

»Schon möglich«, sagte sie lächelnd. Dann suchte sie weiter. »Schwarze Männer … Einhornmänner …«

Während sie die Bücher einzeln durchging, fiel mir ein zierlicher Topf aus Porzellan auf, in den man etwas gepflanzt hatte, das ich für ein ganz normales Bonsaibäumchen hielt. Als ich eine seiner Früchte berührte, verkündete ein zartes Stimmchen feierlich: »Moldrigde, Lily, geboren am 5. Mai 1754 in Leipzig, gestorben am 12. Juli 1808 in Tanger.«

»Ups … äh … Entschuldigung!«, stotterte ich und wich schnell einen Schritt zurück. War hier wirklich alles, was ich anfasste, magisch?

»Schlag einfach leicht gegen den Topf«, riet mir Aiby.

Ich tat es und der Baum verstummte.

»Das ist unser Stammbaum …«, erklärte Aiby. Und dann fügte sie hinzu: »Ach, das war gar nicht schlecht, dass ich zu dir rübergesehen habe. Das Buch ist dort unten, ganz in deiner Nähe.« Sie sprang von der Leiter und nahm von dem Schreibtisch neben mir ein dickes Buch mit einem Einband aus Baumrinde, aus dem die unterschiedlichsten Blätter hervorquollen. »Waldmänner!«, rief sie sichtlich stolz aus.

So schwer, wie es war, schien es sich um eins dieser Bücher zu handeln, bei dem man schon nach drei Seiten vor Langeweile umkommt. Dazu brauchte man noch nicht einmal eine Lesezeichenblume. Auf der Vorderseite des Buches prangte in roten Buchstaben der feierliche Titel:

Das Schwarze Buch der Wälder
Ungewöhnliches, Brände und Kreaturen,
denen man lieber nicht begegnen sollte

»Verdammt …«, sagte ich leise und drehte das Buch zwischen meinen Händen. »Da würde ich drei Monate brauchen, bis ich das alles gelesen habe.«

»Drei Monate oder ein Lesesieb …«, gab Aiby zurück. »Hier müsste irgendwo noch eins sein … Komm mit!«

»SPRUNFZ!«, stieß der Seitengärtner aus, als wir im Labor von Aibys Vater seinen Weg kreuzten. Anscheinend war sein Mechanismus immer noch nicht abgelaufen. Aiby holte unter dem Tisch eine Art rechteckiges Sieb und eine Handvoll leerer Blätter hervor, dann gingen wir hinüber in das Zimmer mit dem Sofa.

Aiby legte die Blätter auf den Boden, stellte das Sieb darauf ab und ganz oben platzierte sie das Buch. »Könntest du mir bitte helfen?«

»Sehr gern, wenn ich nur wüsste, was ich tun soll …«

»Nimm das Sieb … Und dann einfach lossieben!«

Ich sah sie recht skeptisch an.

»Dabei musst du diesen kurzen Zauberspruch wiederholen:

»Doch nicht wieder dieses Zauberisch!«

»Das ist Lateinisch, Finley. Und das hast du schon gesprochen.«

Mir lief ein kalter Schauer den Rücken herunter, und so absurd mir das Ganze erschien, irgendwie machte es *Klick!* in meinem Kopf, als hätte sich plötzlich nach vielen, vielen Jahren der Schließmechanismus einer Geheimtür geöffnet. Die Worte des lateinischen Zauberspruchs, der in etwa besagte: »Aus der Kürze erwächst die Kraft«, formten sich auf meinen

Lippen, so einfach und klar, als würde ich sie täglich gebrauchen. Aus dem Sieb lösten sich winzige schwarze Tropfen und verteilten sich über die Blätter wie ein Schwarm Mücken.

»Noch mal«, sagte Aiby.

Ich wiederholte den Spruch und bewegte das Sieb hin und her.

»Und weiter.«

Ich nahm meinen Mut zusammen, schüttelte das Sieb noch kräftiger und die kleinen schwarzen Teilchen verdichteten sich und bedeckten die weißen Blätter mit einem feinen Buchstabenregen.

»Das genügt, Finley«, sagte Aiby. Sie hob die Blätter hoch und zeigte sie mir. Sie waren komplett vollgeschrieben. »Das ist die Zusammenfassung der Dinge aus dem Buch, die uns interessieren …«

»Und woher weiß das Sieb, was uns interessiert, entschuldige mal? Wir haben es ihm ja nicht einmal gesagt …«

Aiby schnaubte ungeduldig. »Das ist ein magischer Gegenstand, Finley. Du darfst nicht darüber nachdenken, wie er funktioniert, sonst war es das!«

»Und warum hast du gesagt, dass ich schon Lateinisch gesprochen habe?«, fragte ich sie und stellte das Lesesieb auf dem Boden ab.

Aiby verbarg ihr Gesicht ganz plötzlich unter ihren dunklen Haaren. Und plötzlich wirkte sie nicht mehr so selbstsicher wie sonst, sondern ängstlich.

»Weil ich es auch schon gesprochen habe …«, antwortete sie ganz leise. »Nein, nicht ich … sondern jemand, der es mir beigebracht hat. Vielleicht in meinen Träumen, genauso wie bei dir.«

Wieder fühlte ich, wie es mir eiskalt den Rücken herunterlief, und ich spürte tief in mir drin, dass das, was Aiby gesagt hatte, stimmte. Jemand in meinen Träumen. Ich konnte mich nie daran erinnern, was ich geträumt hatte. Aber ich erinnerte mich immer daran, dass ich geträumt hatte.

»In den Träumen, ja, kann sein …«, meinte ich seufzend.

Und von dieser Erinnerung blieb oft dieses eiskalte Gefühl zurück und dann war da diese leise Stimme in meinem Kopf, die immer wieder sagte: *Mach, dass du fortkommst, Finley, solange du noch kannst.*

E. T. STARR.

LESESIEB

No. 30.843. Patented Dec. 4. 1860.

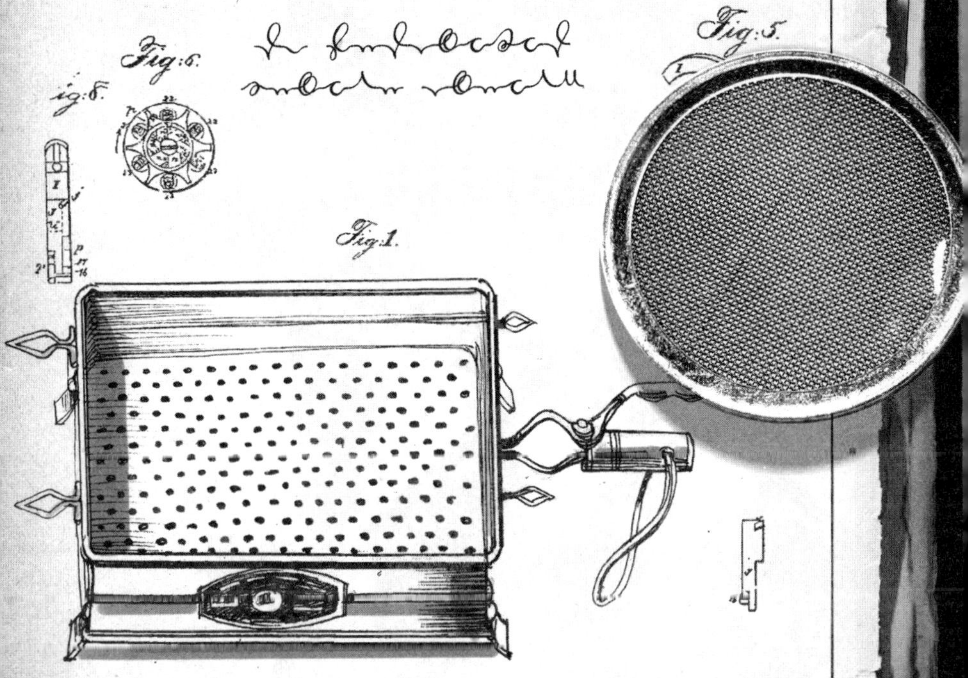

DIESER AUSSERST PRAKTISCHE GEGENSTAND WAR IM 16. UND 17. JAHRHUNDERT SEHR BEGEHRT, ALS DIE ERSTEN GEDRUCKTEN BÜCHER WEITERE VERBREITUNG ERFUHREN UND DIE ZEIT ZUM LESEN IMMER KNAPPER WURDE. ZUNÄCHST GEHÖRTE DAS LESESIEB DEM MORALPHILOSOPHEN WILHELM VON OCKHAM, DER ES SEIN GANZES LEBEN LANG BENUTZTE, UND ES HAT DIE FUNKTION, DIE INTERESSANTESTEN THEMEN EINES BUCHES AUSZUSIEBEN UND KLAR UND OHNE GROSSE STILISTISCHE AUSSCHMÜCKUNGEN AUF ZWEI, DREI BLÄTTERN ZUSAMMENZUFASSEN. DA DIE INTERESSEN EINES LESERS SICH IM LAUFE DER ZEIT VIELLEICHT ÄNDERN, KANN MAN DAS LESESIEB BEIM SELBEN BUCH MEHRMALS ANWENDEN UND IMMER WIEDER NEUE ERGEBNISSE ERZIELEN.

Zeugen

Der Zauberladen

Erfinder

Elftes Kapitel

Ritter Vogelfreie Geschwister

Wir nahmen auf dem Fliegenden Teppich Platz. Dusty war sehr glücklich darüber, dass wir beschlossen hatten, uns mit ihm auf Augenhöhe zu begeben, und leckte uns hin und wieder zärtlich übers Gesicht.

»*Die Leute, die in den Wäldern leben, heißen Grüne Männer oder Waldwesen. Grün gilt als die Farbe der Feen …*«, begann ich vorzulesen, »*daher weigern sich so viele Schotten, diese Farbe zu tragen: aus Angst, sie zu verärgern. Grün ist die Farbe des Lebens und der Natur, die weder gut noch böse ist, sondern einfach … lebendig.*«

Ich schnaubte kurz genervt und Aiby machte weiter: »Es gibt ein Epos aus dem Mittelalter von einem unbekannten Dichter mit dem Titel *Sir Gawain und der Grüne Ritter*. Sir

Gawain, Neffe von König Artus, erhält am Silvesterabend Besuch von einem merkwürdigen Grünen Mann, der in einer Hand einen Stechpalmenzweig trägt und in der anderen eine riesige Streitaxt …«

»Das passt für mich nicht zusammen …«, unterbrach ich sie. »Der Mann gestern Nacht hatte nichts bei sich, allerdings hat er etwas mit den Händen gemacht … das sah etwa so aus.« Und dann tat ich, als würde ich mir die Hände vor der Brust reiben.

»Der Grüne Mann fordert Sir Gawain heraus, dieser soll ihm mit der Axt einen Schlag versetzen, vorausgesetzt, dass im nächsten Jahr er selbst dann einen Hieb gegen den Ritter führen darf …«

Ich kicherte. »So ein Blödsinn. Und wie geht es weiter?«

»Sir Gawain nimmt die Axt und schlägt dem Grünen Mann mit einem Hieb den Kopf ab.«

»Gut gemacht.«

»Der Grüne Mann bedankt sich bei ihm, hebt seinen Kopf auf, setzt ihn sich wieder auf die Schultern und nennt ihm den Tag für ihr Treffen im nächsten Jahr. Sir Gawain erscheint tatsächlich, und der Grüne Mann dankt ihm dafür, dass er die Abmachung eingehalten hat.«

»Und dann tötet er ihn?«

»Nein. Er wollte bloß, so steht es hier, einen Mann von Ehre finden, der eine Abmachung einhält. Zur Belohnung beschenkt er Sir Gawain mit großem Mut, sodass er sich jeder Art von Angst stellen kann. Hier wird erklärt, dass der Grüne Mann aus dem Epos eine doppelte Rolle spielt: Herausforderung und Belohnung, Gefahr und Lösung. Gefährte und großer Feind.«

Etwas besorgt sahen wir uns an.

Dann las ich weiter: »*Er kann viele Namen haben: Manchmal wird er einfach der Waldmann oder Wilder Mann genannt, manchmal auch Woodwose, der Vogelfreie. Er ist ein unberechenbares, wildes Wesen, das über übernatürliche Kräfte verfügt.* Solche Männer sind hier ganz in der Nähe gesichtet worden, auf dem Silbury Hill, in Aver oder Wycombe und am Wolfsbrunnen … Aber in keinem dieser Fälle ist von verschwundenen Schafen oder Schäden an Bauernhöfen die Rede …«

»Lies weiter …«, meinte Aiby.

»*Wer ihm begegnet ist, beschreibt ihn als einen kräftigen großen Mann, mit langen, wild zerzausten Haaren, in denen Rindenstückchen stecken, und einem Gesicht, das wie in Nebel eingehüllt scheint. Er hat einen langen, dichten Bart, der ebenfalls sehr ungepflegt wirkt.*«

»Kommt dir das bekannt vor?«

»Ja«, murmelte ich. »*Er riecht nach umgegrabener Erde und bewegt sich ungelenk und hastig.*« Ich stockte und sagte dann zu Aiby: »Als ich zu der Stelle kam, wo er gestanden hatte, wirkte das Gras dort wie verbrannt. Und ich habe gehört, dass bei einem der Bauern aus dem Dorf die Hecke genauso aussah. Findest du dazu etwas?«

Aiby überflog ihre Seiten.

»Nein, im Gegenteil. Der Grüne Mann wird als Beschützer der Natur angesehen. Oft wird er auch als Wildhüter dargestellt, ausgerüstet mit Pfeil und Bogen und einem langen Horn.«

Ich schüttelte den Kopf. »So etwas hatte er nicht dabei. Vielleicht ... sind wir ja auf der falschen Fährte.«

»Hatte er einen Turban auf?«

»Nein, warum?«

»Es gibt auch eine orientalische Variante des Grünen Mannes. Er heißt al-Chidr und war der Berater von Alexander dem Großen. Anscheinend ist er in den Besitz einer Abschrift von Adams Testament gelangt ...« Aiby sah zu mir auf. »Des ersten Menschen ... Er folgte den Angaben darin und machte sich auf die Suche nach einer wundersamen Quelle jenseits des Berges Olaf mitten im Land der Schatten ...«

»Klingt nach jeder Menge Spaß«, meinte ich leise und kraulte Dusty hinter den Ohren.

»Er fand sie und trank daraus. Das Quellwasser war reiner als Milch, erfrischender als Eis, süßer als Honig, samtiger als Butter und duftete herrlicher als Moschus ... Dadurch wurde al-Chidr unsterblich ... und am ganzen Körper grün. Seit damals erscheint er immer wieder Mystikern in ihren Träumen, um ihnen den Weg zu weisen.«

»Sieh mich nicht so an ...«, flüsterte ich besorgt. »Ich bin kein Mystiker, und als ich ihn gesehen habe, habe ich bestimmt nicht geträumt. Ich war hellwach, du kannst gern Dusty fragen.«

»Okay, dann lese ich weiter. Das Lesesieb meinte, die Geschichte der grünen Kinder eines gewissen Thomas Keightley wäre auch wichtig ...«

»Und worum geht es da?«

»Ich habe noch nie davon gehört, aber sie handelt von zwei

Geschwistern mit grünen Armen und Beinen, die im Wald neben eine Höhle gefunden wurden. Die beiden Kinder sprachen keine bekannte Sprache und aßen kein Fleisch. Sie wurden in den Ort St. Mary in der Grafschaft Suffolk gebracht, aber der Junge starb nach wenigen Tagen. Das Mädchen dagegen fand heraus, dass es sich von Bohnen ernähren konnte, und lebte noch lange Zeit, ohne älter zu werden. Im Laufe der Jahre lernte sie, wie alle anderen Menschen zu sprechen, und erzählte, dass sie aus einem Dorf kam, wo man nie die Sonne sah und man Viehzucht betrieb … bis die Schafe allmählich verschwanden.«

»Das ist es doch!«

»Eines Tages hatten das Mädchen und sein Bruder beobachtet, wie die Schafe in eine Höhle gelaufen waren, aus der eine seltsame Melodie ertönte. Daraufhin sind die beiden auch in die Höhle gegangen und haben sich dort im Dunkeln verirrt, bis sie zu einem anderen Ausgang kamen, wo man sie dann gefunden hat …«

»Und das soll mit dem zu tun haben, was bei uns passiert?«

Aiby verzog das Gesicht. »Ich weiß es nicht, ich habe wirklich nicht die geringste Ahnung.«

Als ich wieder an das verbrannte Gras auf der Wiese dachte und an den Wind, der mich aufgefordert hatte, über den Zaun zu klettern und in den Wald hineinzugehen, schnürte sich mir die Kehle zu. Vielleicht war die Geschichte viel enger mit dem verbunden, was hier in Applecross geschah, als ich mir vorstellen konnte.

Ich massierte mir die Schläfen und dachte wieder an den

Abglanz des Mondlichts, den ich auf dem Gesicht dieses Mannes beobachtet hatte, und dann sah ich auf meine Hände und grübelte über seine merkwürdige Handbewegung nach, die mir so vertraut und gleichzeitig so rätselhaft vorgekommen war.

»Anscheinend gibt es eine Möglichkeit, einen Grünen Mann aufzuspüren!«, rief Aiby auf einmal aufgeregt, die weitergelesen hatte.

»Und wie funktioniert die?«

Sie stand vom Teppich auf und lief zum *Großen Lexikon der Objekte mit Magie*.

»Indem man den Kompass von Sherwood benutzt.«

»Und was ist das schon wieder?«, fragte ich.

»Keine Ahnung, das muss ich erst selbst nachschlagen. Das ist ein Gegenstand, den ich nicht kenne. Und den wir ganz sicher nicht im Laden haben.«

Gespannt vor Neugier ließ ich sie in den Seiten des *GLOM* blättern.

»Da haben wir es ja: der Kompass von Sherwood …«

Ich sprang hoch. »Hast du ihn gefunden?«

Sie legte sich nachdenklich einen Finger an die Lippen und begann, die Zeilen in Zauberisch zu überfliegen.

»Gibt es eigentlich bloß ein Buch der Objekte mit Magie?«, fragte ich.

Das lenkte sie vom Lesen ab und sie sah kurz auf. »Was meinst du?«

»Gebt ihr dieses Buch von einer Familie zur anderen weiter oder hat jede ein eigenes Exemplar?«

»Es gibt bloß ein einziges Buch«, erwiderte Aiby und schaute wieder nach unten, um weiterzulesen. »Jedes Mal wenn eine Familie ihren Laden schließt, übergibt sie es an die nächste. Das hier ist wirklich sehr … sehr interessant …«

»Was?«

Aiby zeigte auf einige Zeilen in Zauberisch. »Wir müssen das noch einmal im Großen Register der Sichtungen überprüfen … aber anscheinend wurde der Kompass von Sherwood zum letzten Mal … hier in Applecross gesehen.«

»Und das ist bestimmt kein Zufall«, bemerkte ich.

»Ganz sicher nicht.«

»Gehörte er deinem Großvater?«, fragte ich, weil ich mich daran erinnerte, dass Aibys Urahn unter mysteriösen Umständen in der Bucht gekentert war, die nun nach ihm benannt war.

»Nein … es ist noch merkwürdiger …«, zischte Aiby grimmig. »So wie es aussieht … gehörte er den McBlacks.«

Ich zuckte zusammen. »Den McBlacks?«

Aiby zog es vor zu schweigen und las stumm weiter. Ich dachte an Barragh McBlack, den ich erst gestern Abend im Gespräch mit meinem Vater belauscht hatte, und dann fielen mir wieder all die Gerüchte ein, die über ihn im Dorf kursierten, und dass man sich besser von der ganzen Familie und der Villa des Grauens fernhielt.

Plötzlich riss mich ein Geräusch mitten aus meinen Überlegungen, das Klingeln einer Glocke. »Wer ist das denn?«

Aiby sah aus dem Fenster und reichte mir das Buch. »Lies mal weiter«, meinte sie mit einem boshaften Grinsen. »Ich gehe nachschauen.«

So hatte ich dann das *GLOM* in der Hand. Auf der aufgeschlagenen Seite war eine Art Wetterfahne abgebildet, an deren Spitze sich ein Drache aus Blech befand. Die Zeilen in Zauberisch zappelten unter meinen Augen wie Kaulquappen. Das war also der Kompass von Sherwood? Ich versuchte, eine Zeile zu lesen, aber die wenigen Worte, die ich übersetzen konnte, trugen kaum zu meinem Verständnis bei. Zum Glück war Aiby schnell wieder zurück.

»Brauchst du Hilfe?«, fragte sie mich.

»Ach nein … ich habe fast alles gelesen …«, log ich. »Es ist nur …« Ich starrte sie an. »Wer war es denn?«

»Genau der, den wir jetzt brauchen.«

»Wofür?«

»Um zur Villa des Grauens zu gelangen, was sonst?«, erwiderte sie und nahm mir das *GLOM* aus der Hand. »Wenn du den Grünen Mann finden willst, musst du zuerst den Kompass von Sherwood finden. Und um den Kompass von Sherwood zu finden …«

Eine mir nur allzu vertraute Stimme rief von draußen nach Aiby.

Ich riss die Augen auf. »Doug?« Dann packte mich der Zorn. »Was macht denn Doug hier? Er sollte auf dem Hof sein und arbeiten!«

»Und du solltest eigentlich am Strand sein und ebenfalls arbeiten, wenn ich mich nicht irre«, bemerkte Aiby spitz.

»Ja schon. Aber … das ist doch etwas ganz anderes!«

»Ach wirklich? Und warum?«

Da mir keine gute Antwort einfiel, ging ich nach draußen, um meinem Bruder gegenüberzutreten.

Jacks Zauberbohnen

Der Zauberladen

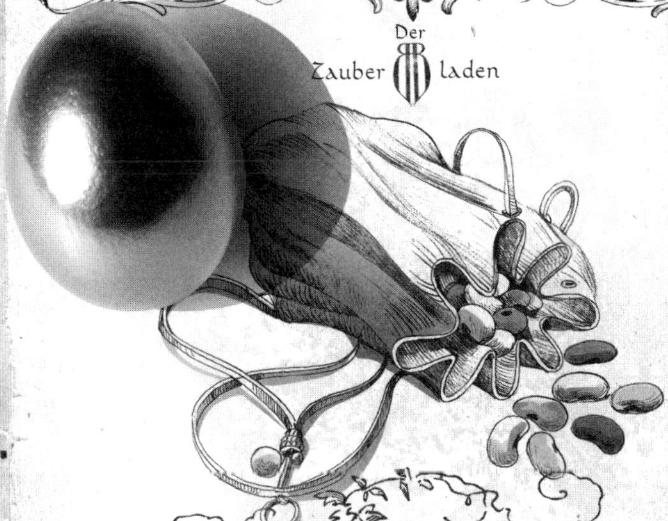

Hier handelt es sich um einen kleinen Beutel mit bunten Bohnen, die abgesehen von der Farbe wie gewöhnliche Borlotti-Bohnen aussehen. Eingepflanzt rufen sie je nach Farbe unterschiedliche Wirkungen hervor. Wenn man von den violetten isst, muss man sieben Wochen lang stets die Wahrheit sagen. Die gelben Bohnen üben eine unwiderstehliche Anziehungskraft auf die Hennen aus, die goldene Eier legen. Die schwarzen Bohnen halten den Lauf der Sonne für achtzehn Minuten auf.

Zwölftes Kapitel

Sherwood Cromwell Hameln

Es war kurz nach zwölf Uhr mittags und das Meer in der Bucht von Applecross lag wie ein glatter, glänzender Spiegel vor uns. Der tuckernde Außenbordmotor von Mr Dogberrys Boot hinterließ Benzinschlieren darauf. Ich betrachtete die Küste und wunderte mich, wie anders sie von hier aussah.

Doug war im Heck und hielt den Hebel des Außenbordmotors in der Hand. Und so wie er dastand, wirkte er tatsächlich ziemlich beeindruckend, aber das hätte ich ihm niemals gesagt, nicht einmal unter Folter. Aiby hatte es sich im Bug bequem gemacht und saß dort mit angezogenen Beinen wie eine Spinne. Sie schloss die Augen, als Doug beschleunigte, und genoss den Fahrtwind. In der Mitte des Boots lag unter Dusty begraben Aibys Tasche. Sie hätte alles Nötige für das

Mittagessen eingepackt, hatte sie gesagt, aber da die Tasche irgendwie merkwürdig ausgebeult war, war ich mir ziemlich sicher, dass sie außerdem noch irgendwelche magischen Gegenstände enthielt.

Nachdem Doug und ich unsere Überraschung wegen des unerwarteten Aufeinandertreffens verdaut hatten, wechselten wir immer mal wieder misstrauische Blicke, die sagten: »Darüber sprechen wir noch unter vier Augen!«

Als Aiby meinem Bruder erklärt hatte, dass wir so schnell wie möglich zur Villa des Grauens mussten, hatte er gemeint, dass er das für überhaupt keine gute Idee hielt und dass er am besten im Boot allein ins Dorf zurückkehren würde. Aiby hatte sich daraufhin mit unglaublicher Geschwindigkeit in eine beleidigte Leberwurst verwandelt und nach einigem Zögern hatte Doug seine Entscheidung revidiert. Das war eine ausgezeichnete Lehrstunde für mich gewesen.

Kurz vor eins erreichten wir eine Anlegestelle bei einem vom Meer ausgewaschenen Fels, wo zwei alte Taue unter Wasser die Wracks von zwei verrotteten Booten hielten, damit sie nicht abtrieben.

Doug drosselte den Motor. Ich stellte mich an die rechte Seite des Bootes und wartete darauf, dass es noch langsamer wurde, damit ich an Land springen konnte, dann klammerte ich mich oben an der Anlegestelle fest. Eine Minute später waren wir alle von Bord.

Während wir ganz bewusst nur über völlig belanglose Dinge sprachen, erklommen wir einen schmalen Pfad, der von Unkraut überwuchert war, ein Anzeichen, dass er seit Jahren nicht mehr benutzt worden war. Er führte uns zu einer mit Maulwurfshügeln übersäten Lichtung, auf der sich viele weiße Blumen im Wind wiegten. Wir kletterten über einige große Felsen, bis wir schließlich den Hauptweg erreichten. Danach erwartete uns eine unbefestigte Straße voller Schlaglöcher, in deren Mitte zwischen den Fahrspuren ein üppiger Grasstreifen verlief. Von dort gelangten wir ans Tor der Villa des Grauens: ein Gitter aus schwarzen Eisenstäben mit scharfen Spitzen, das zwischen zwei dicken Ziegelmauern eingebettet war. Dahinter breitete sich eine düstere, karge Heidelandschaft aus, auf der in Grüppchen einige niedrige Bäume standen. Doch das war nicht so genau zu erkennen, da über der Landschaft ein merkwürdiger Nebel lag, den nicht einmal die Sommersonne vollständig aufzulösen vermochte.

»Heißt sie wirklich Villa des Grauens?«, fragte Aiby.

»Nö«, antwortete Doug. »Erst seit die McBlacks hier wohnen. Vorher hatte sie einen anderen Namen, so was wie … Villa Carolina.«

»Eins musst du wissen«, warnte ich sie. »Über dieses Haus erzählt man sich jede Menge Blödsinn, aber das, was ich euch jetzt sage, stimmt hundertprozentig.«

Aiby wollte gerade etwas entgegnen, doch ich ließ sie nicht zu Wort kommen. »Ich war schon mal hier. Und ich habe es mit meinen eigenen Augen gesehen, als ich für Jules die Post austrug.«

Ich zeigte den beiden den Briefkasten der McBlacks, der sich unerklärlicherweise auf der anderen Seite des Eisentors befand und somit für jeden Postboten außer Reichweite lag.

»Jules weiß Bescheid, und wenn er einen Brief für die McBlacks hat, geht er bloß bis hierher zum Tor und steckt den Brief dann einfach zwischen die Gitterstäbe. Aber ich wusste das nicht. Seht ihr dort die Kette?«

Aiby und Doug nickten.

»Die Kette öffnet das Tor so weit, dass man zum Briefkasten gelangen und die Post einwerfen kann. Aber man muss schnell sein. Denn sobald du an der Kette ziehst …«, gespannt starrten die beiden mich an, »kommt Cromwell.«

Als Dusty diesen Namen hörte, sträubte sich ihm das Fell im Nacken und er wich einige Schritte zurück.

»Ich kann gar nicht so genau sagen, um was für eine Hunderasse es sich dabei handelt«, fuhr ich fort, »aber ich kann euch versichern, er ist riesig. Er hat gelbe Augen, und sein Gebell ist so grauenhaft, dass einem das Blut in den Adern gefriert.«

»Und was macht er?«

»Wenn man mit dem Briefeeinwerfen schnell genug ist, gar nichts. Dann bist du wieder sicher auf der anderen Seite des Tors, bevor er sich gegen die Gitterstäbe schmeißt und dich vollsabbert.«

»Wow, was für eine Geschichte.« Doug kratzte sich am Kopf. »Und wo ist er jetzt?«

»Das weiß man nicht, bevor man nicht an der Kette gezogen hat. Ich glaube nicht, dass er eine Hütte hat …«, antwortete ich. »Aber du kannst Gift darauf nehmen, dass er sofort angerannt kommt, sobald du einen Fuß hinter das Tor setzt.«

»Und warum rückst du erst jetzt mit dieser Geschichte heraus? Dann hätten wir uns den Weg sparen können«, sagte Doug.

»Ich wollte, dass ihr das mit euren eigenen Augen seht … das Tor und überhaupt alles hier … damit ihr es euch besser vorstellen könnt.«

»Dann rufen wir doch jetzt einfach diesen Cromwell her«, erwiderte Aiby und ging zur Kette.

»Bist du verrückt, Aiby?« Ich trat einen Schritt zurück und Dusty jaulte leise auf. »Überleg es dir gut.«

»Ich weiß immer noch nicht so genau, was ihr hier wollt …«, sagte Doug leise.

»Ich erkläre es dir gleich, Doug«, seufzte Aiby.

Ihr Plan war ziemlich einfach: Wir sollten auf das Grundstück der McBlacks schleichen, uns den Kompass von Sherwood schnappen und ihn ganz ohne deren Einverständnis fortschaffen.

»Kurz gesagt: Wir sind zum Klauen hier«, brachte es Doug auf den Punkt.

»Wenn du es so ausdrücken willst, ja«, antwortete Aiby. »Aber eigentlich holen wir ihn uns bloß zurück. Im Großen Lexikon steht, dass sie den Kompass von Sherwood niemals bezahlt haben. Und das Bezahlen gehört zu den drei Grundregeln des Zauberladens.«

»Und warum wollen wir diesen Kompass unbedingt haben?«

»Weil es der einzige existente magische Gegenstand ist, mit dem man einen Grünen Mann aufspüren kann.«

Doug sah mich an. »Du meinst den, den du angeblich am Ende der Wiese bei unserem Haus gesehen hast?«

Ich nickte.

»Und der so gefährlich sein könnte, dass halb Applecross mit Gewehren nach ihm sucht?«

Ich nickte noch einmal, dann sah ich zu Aiby. Ehrlich gesagt, hatte ich überhaupt nicht daran gedacht, dass es vielleicht gar keine so tolle Idee war, den Grünen Mann aufzustöbern.

»Wir müssen unbedingt herausbekommen, wer er ist, warum er hier ist und was er will«, sagte Aiby. »Dann können wir dem Spuk vielleicht ein Ende bereiten. Doch zuerst müssen wir ihn finden. Und um ihn zu finden …«, sie zeigte auf das Tor, »müssen wir erst Cromwell aufscheuchen.«

Wir liefen an der Ziegelmauer rund um das Grundstück entlang und suchten nach einer geeigneten Stelle, wo man am besten hinüberklettern konnte.

»Du hast nicht zufälligerweise einen Zauberknochen dabei, der Hunde für eine gewisse Zeit in den Schlaf schickt?«, fragte ich irgendwann, als ich meine Hosenbeine mal wieder aus den Brombeerbüschen befreien musste.

»Leider nein«, erwiderte Aiby, »allerdings habe ich schon so eine Idee, wie wir die Gefahr bannen können.«

»Ach ja, wirklich?«

Sie gab mir keine Antwort, sondern lief einfach weiter. Insekten schwirrten laut summend um uns herum und eine sachte Meeresbrise ließ die Blätter an den Bäumen erzittern. Die über die Heidelandschaft verteilten Felsbrocken auf der anderen Seite der Mauer waren mit gelben, violetten und blauen Flechten überzogen. Während ich mich durch die blühenden Büsche schlug, fragte ich mich, wann genau diese verschlafene schottische Gegend sich für mich in eine Art Geisterbahn verwandelt hatte, wo ich ständig in Lebensgefahr geriet, weil schlafende Riesen erwachten oder Grüne Männer aus den Wäldern auftauchten. Ein Hauch von Magie reichte und schon verwandelte sich eine stinknormale Landschaft voller Felsen und Mücken in etwas ganz anderes.

»Ich glaube, hier sind wir richtig«, murmelte Aiby vor sich hin. Ich sah, dass die Umfassungsmauer an dieser Stelle etwas niedriger war, doch auch hier war sie oben mit Glasscherben gespickt. Hinter uns erstreckte sich nichts als flaches Land, der nächste größere Baum stand etliche Schritte von der Mauer entfernt. Zu weit weg, um von dort hinüberzuklettern.

Aiby stellte ihre Tasche entschlossen auf dem Boden ab und kramte darin. Ich begriff nicht, was sie vorhatte, und inzwischen hatte ich gemerkt, dass ihre große Selbstsicherheit auch ihr Schwachpunkt war: Ich nahm nämlich immer an, dass sie genau wusste, was zu tun war, und wenn ich dann zu meinem Leidwesen entdecken musste, dass das gar nicht stimmte, stand ich gleich doppelt blöd da. Ich versuchte, einen Blick in die Tasche zu werfen, doch ich sah bloß, dass sie komplett leer war. Trotzdem suchte sie weiter hoch konzentriert darin herum.

»Entschuldigung, Aiby … was machst du da eigentlich?«

Sie sah mich mit einem schlauen Lächeln an. »Ich besorge uns das, was wir brauchen.«

»Aber klar doch«, murmelte ich. »Und … was brauchen wir?«

Aiby erklärte entnervt: »Das hier, Finley, ist eine Magische

Tasche. Sie ist sehr nützlich, wenn du viel mitnehmen musst … Oder auch dann, wenn du nicht so genau weißt, was du wirklich brauchst. So in etwa wie mit der Tasche von deiner Hose«, meinte sie noch und grinste frech. »Erinnerst du dich?«

»Das war nicht meine Hose!«, fauchte ich zurück.

»Ach, da ist es ja!« Aiby zog ein rechteckiges Lederetui hervor, öffnete es, nahm ein weißes Kreidestück heraus und suchte weiter. Ich hielt meinen Mund, und nun fand sie sofort das, wonach sie wohl die ganze Zeit gesucht hatte: eine lange, goldene Flöte, die nach ihrer Länge zu urteilen eigentlich in dieser Tasche gar keinen Platz gehabt hätte, falls das eine normale Tasche und eine normale Flöte gewesen wären.

»Doug, vorgestern hast du mir gesagt, dass du dich für Musik interessierst …«, wandte sich Aiby an meinen Bruder, während sie sich vor die Mauer stellte.

Ich zuckte zusammen. Soweit ich wusste, verband Doug mit Musik nur die elektrischen Gitarrenriffs irgendwelcher obskuren Metall-Bands und die Fangesänge der Highlander. Doch das behielt ich für mich.

Doug sah auf die goldene Flöte, dann auf die Scherben oben auf der Mauer und erwiderte: »Sicher, Aiby, na klar doch, aber …«

»Ich erklär's dir gleich«, meinte sie und gab ihm die Flöte. Dann drehte sie sich wieder zur Mauer um und zog darauf mit der Kreide einen senkrechten Strich. In einigem Abstand dazu zeichnete sie parallel einen zweiten und schließlich verband sie beide an den oberen Enden mit einer waagrechten Linie. Nachdem sie so eine Tür gemalt hatte, zeichnete sie noch ein kleines Schloss ein und setzte den blauen Türknauf darauf, den sie aus der Tasche geholt hatte. Sie drehte ihn leicht und …

Klack … Der Bereich der Mauer, den sie mit der Kreide umrissen hatte, öffnete sich in unsere Richtung, als ob er wirklich eine Tür wäre. Doug und ich starrten fassungslos darauf, während Dusty sich davon nicht beeindrucken ließ und munter darauf zutrabte.

Aiby wandte sich nun wieder an Doug und erklärte ihm: »Das hier ist die Flöte von Haromalmas. Kennst du die Geschichte über den Rattenfänger von Hameln? Fang einfach an zu spielen und denk dabei an Cromwell. Während wir dort hineingehen, drehst du eine Runde durch den Wald … Du musst immer weitergehen, wichtig ist nur, dass du nicht stehen bleibst und auch nicht aufhörst zu spielen.«

Doug runzelte die Stirn. »Ich … ich bin mir nicht sicher, ob ich alles verstanden habe … wie lange muss ich denn spielen?«

In dem Moment erhob sich vom Grundstück der McBlacks ein schreckliches Jaulen, gefolgt von wütendem Hundegebell. Aiby zog den Knauf von der Mauer ab und schubste mich von der Türöffnung weg, dann stellte sie sich neben mich. »Schnell, Doug! Jetzt spiel schon!«

Doug hatte erschrocken die Augen aufgerissen und rannte instinktiv los, mit der Flöte an den Lippen. Aiby kauerte sich neben die Tür, streckte eine Hand in Richtung Dusty aus, der weiter auf die Öffnung zulief, und als das wütende Gebell ganz nah war, schnappte sie sich Dusty am Halsband. Der strampelte nun mit den Beinen in der Luft, während hinter ihm ein riesiger Fellberg auftauchte, der dann mit einem Satz vor uns stand. In dem Moment ertönte ein schriller, noch etwas zittriger Ton, der allmählich voller und tiefer wurde.

»Jetzt!«, befahl Aiby mir, während sie immer noch Dusty gepackt hielt, der weiter mit den Pfoten durch die Luft ruderte.

Ich rannte los und gleich darauf befanden wir drei uns auf dem Besitz der McBlacks. Blitzschnell setzte Aiby den Knauf auf der anderen Seite der Zaubertür auf die Mauer und schloss sie hinter uns, das wilde Knurren und Bellen dieses Höllenmonsters blieb dahinter zurück.

Genau wie mein Bruder.

»Doug!«, rief ich. »Was haben wir getan?«

Aiby setzte Dusty auf dem Boden ab, der ein wenig schwankend auf seinen Pfoten zu stehen kam. »Mach dir keine Sorgen. Die Melodie dieser Flöte hat die Macht, jeden zu besänftigen, der sie hört, und zwingt ihn, dem Spieler zu folgen, ganz egal, wohin er geht. Wichtig ist bloß, dass dein Bruder nicht aufhört zu spielen … Und dass er in Bewegung bleibt!«

»Aber wir können ihn dort doch nicht einfach allein lassen!«, murmelte ich, während ein Teil von mir sich ein hämisches Grinsen nicht verkneifen konnte.

»Na sicher können wir das. Dein Bruder schafft das schon. Hörst du nicht? Der Hund dort draußen hat aufgehört zu bellen.«

Das stimmte: Die rasende Wut, mit der sich Cromwell auf der anderen Seite der Mauer auf uns gestürzt hatte, schien vollständig verpufft zu sein.

Dusty dagegen wurde mit jeder Sekunde mutiger. Er

schnupperte an allem herum, knurrte dann die Zaubertür in der Wand an und hob schließlich noch sein Beinchen, um seine Duftmarke an der Mauer zu hinterlassen.

Ich zog die Nase hoch, betrachtete die gefährlich aussehenden Dachspitzen der Villa des Grauens und versuchte, mir Mut zu machen. »Okay. Gehen wir.«

Aber als ich mich umdrehte, erstarrte ich augenblicklich. Wir waren nicht allein. Unzählige regungslos dastehende Gestalten glotzten uns an.

MAGISCHE TASCHE

Die Version, die sich in die heutige Zeit erhalten hat, sieht aus wie eine gewöhnliche Arzttasche. Sie kann Gegenstände jeglicher Ausmasse in sich aufnehmen. Wenn man ein Objekt in die Tasche gesteckt hat, kann man es jederzeit wieder hervorholen, vorausgesetzt, man hat es zuvor mit einem Sachenhalter (siehe Seite 138) gekennzeichnet, oder mit viel Glück (sobald man einen Gegenstand in der Tasche ergriffen hat, muss man ihn aus der Tasche hervorholen, egal, worum es sich handelt).

Dreizehntes Kapitel

McBlack Montechristo Somerled

Die Villa des Grauens erhob sich finster in einer dunklen feuchten Senke im Schatten der Berge, und zwar an der einzigen Stelle, von der aus man das Meer nicht sehen konnte. Ich fürchte allerdings, das galt nicht nur für das Meer, sondern vermutlich verirrte sich auch niemals ein Sonnenstrahl hierher. Eigentlich war es ein alter Bauernhof aus dem neunzehnten Jahrhundert, dem man später etliche bedrohlich wirkende neugotische Bauelemente hinzugefügt hatte: ein abfallendes schwarzes Schieferdach, drei große, spitz zulaufende Dacherker, außerdem Regenrinnen, Wasserspeier und düstere Ornamente rund um die Fenster. Direkt vor dem Haupthaus stand eine Scheune aus Stein mit einem Blechdach, über der ein schiefes Holztürmchen aufragte. Die beiden Gebäude waren von Wiesen, mit Moos bedeckten Felsblöcken und Grüppchen von silbrig schimmernden Birken umgeben und …

… diesen reglosen Gestalten.

Sie starrten uns an. Und ich brauchte eine Weile, bis ich merkte, dass es sich nicht um Menschen handelte, sondern um Statuen.

Ich hätte beinahe laut aufgeschrien.

Natürlich wusste ich, dass Barragh McBlack eine Sammlung von recht merkwürdigen Statuen besaß, darüber wurde im Dorf geredet. Aber ich hätte nicht erwartet, dass sie so abgrundtief hässlich waren. Menschen mit Krakenköpfen, halbe Enten in Schubkarren, Riesengarnelen mit Augen aus Quarz. Ein einziges Horrorkabinett.

Wir liefen los, zunächst ging es durch dicht an dicht stehende Bäume. Bremsen und Libellen so groß wie Kolibris schwirrten um uns herum. Bald kamen wir am ersten dieser Monster vorbei.

»Die ist ja aus Porzellan«, sagte Aiby, während sie mit der Hand über die glänzende Oberfläche einer Kinderstatue mit riesigem Kopf und violetter Haut strich. »Craquelé-Glasur.«

»Die ist einfach bloß schrecklich«, meinte ich. Aber obwohl es hässlich wie die Nacht war, wirkte dieses Kind auch furchtbar … lebensecht. Mir kam es vor, als könnte es sich jeden Moment bewegen. Und ich musste es einfach anstarren: Meine Augen blieben an ihm hängen, obwohl mein Verstand mir die ganze Zeit riet, woanders hinzuschauen – es ging einfach nicht. Diese Statuen waren schreckliche Monster, das stimmte, aber gleichzeitig faszinierend.

Wir liefen weiter und blieben nur ab und zu stehen, wenn wir ein Geräusch zu hören glaubten. Wir umrundeten die Wiese vor dem Haus in weitem Abstand. Dort gab es ein Golfloch, das ein Fähnchen als Nummer siebzehn kennzeichnete. Schließlich duckten wir uns hinter einen riesigen Hortensienbusch.

»Kann ich dich was fragen, Aiby?«, sagte ich da.

»Na klar.«

»Du weißt, wo wir nach dem Kompass suchen müssen, nicht wahr?«

»Ja, schon. Im Haus auf jeden Fall nicht. Aber das hast du bestimmt auch gelesen, oder?«

»Ähh … na klar … Ich wollte nur sichergehen, dass wir einer Meinung sind.«

»Der Kompass von Sherwood ist eine Art Kreuz, auf dem die Himmelsrichtungen angegeben sind … so wie auf einer Wetterfahne …«

So weit war ich selbst gekommen, als ich mir die Zeichnung angesehen hatte. Ich nickte.

»Also muss er irgendwo hier draußen oder in der Scheune sein.«

Wir teilten den Garten unter uns auf und nach etwa zehn Minuten trafen wir uns wieder hinter dem Hortensienbusch. Den Kompass hatten wir nicht gefunden.

Von der Villa des Grauens drang nicht der geringste Laut zu uns herüber: Dort schien niemand zu sein. Sicherheitshalber starrten wir lange auf die Fenster der drei Dacherker, ob sich nicht doch jemand zeigte, ehe wir uns langsam und vorsichtig der Scheune näherten. Durch die Fenster sahen wir, dass ein Teil des Gebäudes in eine Töpferwerkstatt umgebaut worden war. Der Ofen mit der erloschenen Glut stand weit offen, auf einem langen Holztisch stapelten sich Geschirr und Teile von Statuen, außerdem Säcke mit feuchtem Ton, Formen in unterschiedlichen Größen, an den Wänden hingen Skizzen und Zeichnungen. Alles schien nur darauf zu warten, zusammengefügt, bemalt oder eventuell wieder zerstört zu werden.

»Willkommen in der Monsterfabrik …«, sagte ich leise. Wenn der Kompass sich dort drinnen befand, würden wir ihn niemals finden.

»Ich glaube nicht, dass er da ist.«

»Und warum nicht?«

»Wegen der Hitze natürlich. Wo ein Ofen ist, kann kein Kompass sein …«

Ich grinste verwirrt.

Wir gingen weiter, um die Scheune herum bis zu dem Teil, wo sie zu einer Garage umgebaut worden war. Weil es hier keine Fenster gab, riskierten wir es, das Tor ein wenig zu öffnen, um hineinzuspähen. Dort stand ein schwarzer langer Kombi, so wie die von Bestattungsunternehmen, und daneben entdeckten wir Reifenspuren von einem weiteren Auto.

»Wenigstens wissen wir jetzt, dass die McBlacks nicht zu Hause sind«, sagte ich.

Wir gingen hinein. Ich verriegelte das Tor von innen und blieb dann stehen, um mir erst einmal einen Überblick zu verschaffen.

»Könnte er hier sein?«, fragte ich.

Aiby antwortete nicht. In dem Raum roch es nach Erde und Benzin, das aus einem Kanister in einer Ecke tropfte. Der schwarze Wagen hatte nur vorn zwei Sitze, der hintere Teil war mit seltsamen, beweglichen Mechanismen ausgestattet, die von einem Tuch bedeckt waren. Das gesamte Auto war schlammverkrustet.

Dusty knurrte.

Direkt hinter dem Wagen stand noch eine dieser beunruhigenden Statuen von Barragh McBlack. Auch sie war zum Teil eingepackt und stellte ein deutlich übergewichtiges Mädchen dar, das anstelle von Beinen zwei Tentakel hatte. Es trug ein himmelblaues Kleid und hielt einen Skarabäus in der Hand. Ihre großen sanften Augen, die langen Wimpern und der Leberfleck auf der linken Wange verliehen ihr jedoch etwas zutiefst Menschliches. Irgendwie traurig und gar nicht furchteinflößend.

Weiter hinten im Raum waren eine Rodemaschine, ein Traktor, zwei schmiedeeiserne Bettgestelle, an den Wänden lehnten etwa zwanzig ausgediente Türen und Fenster, eine Kommode, in der zwei Schubladen fehlten, und verschiedene undefinierbare Maschinenteile. Doch von einer Wetterfahne keine Spur.

Wir arbeiteten uns durch etliche Spinnennetze und Staubschichten, die anzeigten, dass hier schon lange Zeit niemand mehr gewesen war, weiter in den Lagerraum vor und erreichten so die Rückseite der Scheune, von wo aus eine Holzleiter nach oben in den Turm führte.

»Willst du etwa da rauf?«, fragte ich.

Aiby nickte ziemlich entschieden. »Das könnte der richtige Weg sein.«

Sie zeigte mir die Luke in der Decke, an der die Leiter endete: Sie war mit einem äußerst komplizierten Schloss verriegelt, das fein verschnörkelt war.

»Dieses Schloss passt doch nicht in eine Garage, meinst du nicht auch?«, fragte mich Aiby.

»Stimmt«, antwortete ich. Eigentlich war ich der Meinung, dass alles in dieser Garage nicht so ganz hierher passte. Uns eingeschlossen.

Aiby überprüfte die Sprossen der Leiter und kletterte dann nach oben, bis sie das Schloss berühren konnte. »Verdammt! Die Sache mit den McBlacks ist komplizierter, als ich gedacht habe«, sagte sie seufzend.

»Warum?«

»Wenn mein Vater hier wäre, könnte er uns genau sagen, wer diese Luke gemacht hat und zu welchem Zweck … na ja, immerhin erkenne auch ich …«, sie legte die Hand auf eine der Eisennieten, woraufhin diese sich ein wenig im Räderwerk bewegten, »… ein magisches Schloss.«

»Wow!«, rief ich keineswegs überrascht. »Und was jetzt?«

Aiby ließ sich mit ihren langen Beinen auf der Leiter nieder. »Und jetzt müssen wir irgendwie herausbekommen, wie man es öffnet.«

»Vielleicht mit einem Schlüssel?«

Aiby kicherte. »Ich glaube, das ist ein Montechristo. Und wenn das stimmt, dann hilft uns kein Schlüssel.« Sie deutete auf die einzelnen Teile des Schließmechanismus und fügte hinzu: »Jedes von diesen Elementen ist so etwas wie ein Buchstabe. Man muss nur wissen, welches man als erstes bewegt und in welcher Reihenfolge. Dann gehorcht es einem.«

»Also braucht man das Losungswort?«

»Genau.«

»Versuch es doch mal mit ›Pechvogel‹«, schlug ich vor.

»Sehr witzig …« Aiby versuchte, Teile des Räderwerks zu bewegen, und diese reagierten sofort darauf, indem sie sich wie Eisenschlangen ineinander verknäuelten, aber sie öffneten sich nicht.

»Sesam öffne dich?«, versuchte ich es. »Wer ist die Schönste im ganzen Land?«

»Kannst du bitte damit aufhören? Du machst mich nervös.«

»Entschuldige bitte …« Ich verstummte. Aber Tatsache war, dass ich selbst ziemlich nervös war, wenn ich darüber nachdachte, dass ich wie ein Dieb in die Scheune der Villa des Grauens eingedrungen war und mich dort nun in Gesellschaft eines Krakenbeinmädchens in einem himmelblauen Kleid und eines mit merkwürdigen Geräten bestückten Leichenwagen befand, während gleichzeitig mein Bruder irgendwo dort draußen war und darauf wartete, dass ihn jemand vor einem riesengroßen, bissigen Hund rettete.

Klick, klack, klickerdiklack … Das Schloss bewegte sich geräuschvoll, aber es öffnete sich nicht.

Ich ging zurück zum Tor und spähte durch die Ritzen zwischen den Brettern nach draußen. Von dieser Seite, wo die Efeuranken die Mauern bis hoch zu den Wasserspeiern beinahe völlig verdeckten und Insekten friedlich durch die Luft schwirrten, wirkte die Villa des Grauens gar nicht mehr so gruselig. Inzwischen war sogar die Sonne hervorgekommen, die die silbernen Blätterrücken und die Glimmerkristalle in den Schieferziegeln zum Funkeln brachte und den Schatten der Scheune und ihres Turms auf den Rasen warf.

Klick, klack, klickerdiklack …

Ich sah mir jedes Fenster des Hauses einzeln an, das nicht nur leer, sondern geradezu verlassen wirkte. Wie viele McBlacks gab es eigentlich? Da war der alte Barragh McBlack … und wer noch? War er verheiratet? Hatte er Kinder? Und wie alt war er überhaupt? Ich hatte keine Ahnung. Ich hatte nicht einmal eine Vorstellung, wann die McBlacks nach Applecross gezogen waren oder wie sie in den Besitz von magischen Gegenständen gelangt waren. War ihnen überhaupt klar, dass sie ein Schloss oder einen Kompass mit Zauberkräften besaßen? Oder Barragh wusste mehr über all die Seltsamkeiten, die in Applecross vorgingen, als er zeigte. Im Grunde kannte ich den Ort, in dem ich lebte, viel weniger, als ich immer angenommen hatte. Warum zum Beispiel gab es in Applecross eine Mühle, obwohl doch hier noch nie Weizen oder etwas anderes zum Mahlen angebaut worden war.

»Also«, rief Aiby mir vom anderen Ende der Garage zu, »ohne das Schlüsselwort wird sich diese Luke nie öffnen lassen!«

»Ich kann ja Barragh fragen, wenn er zurückkommt …«

»Ich glaube kaum, dass er es dir verraten wird. Papa und er sind nicht gerade die besten Freunde.«

»Sie kennen sich?«

»Ihre Urgroßväter kannten sich, damals, als die McBlacks sich den Kompass genommen haben, ohne dafür zu bezahlen.«

»Wie viele Versuche hast du?«

»Unendlich viele. Wenn ich was Falsches eingebe, öffnet es sich eben nicht.«

»Hast du es schon mit … ›Grauen‹ versucht?«

»Das ist jetzt nicht der richtige Moment für Scherze!«

»Das war kein Witz. Das Grauen ist schließlich etwas ganz Typisches für diesen Ort. Grauen, Schrecken, Angst.«

Ich drehte mich um und wanderte wieder ein wenig durch die Scheune. Vor der Mädchenstatue blieb ich stehen, und da fiel mir etwas auf, das ich vorher nicht bemerkt hatte. Ich beugte mich hinunter, um die Signatur auf dem Sockel zu lesen. Eigentlich war ich überzeugt, dass ich dort den Namen Barragh McBlack finden würde, aber dort stand …

»Somerled McBlack.«

Die Holzleiter ächzte. Aiby hielt sich an einer der unteren Sprossen fest und wollte sich daran herablassen. »Was?«

»Somerled. Versuch es mit ›Somerled‹.«

Aiby ließ sich das nicht zweimal sagen. Sie stieg die Leiter wieder hinauf und drehte an den Rädchen.

Klack … klack … klack …

Und dann: »Klasse, Finley«, sagte sie bewundernd. »Es ist offen.«

Ich zwinkerte dem Mädchen in dem himmelblauen Kleid zu und folgte meiner Freundin die Leiter hinauf.

Das obere Stockwerk des Turms war im Laufe der Jahre zu einer Zuflucht für Vögel geworden. Der Boden war unter einer dicken Schicht Vogeldreck verschwunden, sodass man kaum erkennen konnte, dass er zur Hälfte von einem Orientteppich bedeckt war. Die Vögel kamen durch eines der vier Oberlichter herein, das irgendwann zerbrochen und nie repariert worden war.

Aiby und ich schauten uns eine Weile aufmerksam unter den dort oben kreuz und quer abgestellten Gegenständen um, aber nachdem wir etwa ein Dutzend Koffer und Truhen geöffnet hatten, kamen wir zu dem Schluss, dass der Kompass hier auch nicht war.

»Vielleicht haben ihn die Vögel fortgetragen …«, sagte ich. »Oder vielleicht ist euer System, mit dem ihr aufzeichnet, wie magische Gegenstände die Besitzer wechseln, doch nicht so präzise, wie ihr meint.«

Doch Aiby gab nicht auf. Sie hob Tücher hoch und öffnete Koffer, ohne darauf zu achten, dass sie sich schmutzig machte. Aus einem der Oberlichter, das gen Westen ging, konnte ich zwar den Baum sehen, in dessen Nähe Aiby die Tür in der Mauer geöffnet hatte, aber ich konnte weder Doug noch Cromwell entdecken und hoffte nur, dass nichts passiert war.

Die bleiche Sonne des frühen Nachmittags konnte sich weiterhin gegen den Nebel durchsetzen und das war unser Glück. Denn als ich an das zweite Oberlicht kam, fiel mir erneut der Schatten auf der Wiese auf.

»Komm mal kurz her, Aiby …«, sagte ich leise.

Sofort war sie neben mir. »Hast du ihn gefunden?«

»Kann sein.«

Ich deutete auf die Silhouette eines kleinen Kreuzes.

»Was ist, wenn die McBlacks unseren Kompass als stinknormale Wetterfahne benutzen?«

ETUI DES FINDERS

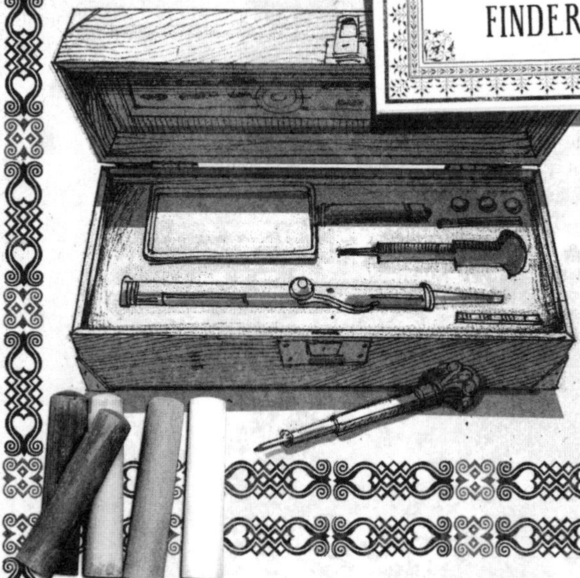

Es heisst, das Etui habe dem berühmten Bildhauer und Goldschmied Benvenuto Cellini gehört, der es vor seiner Flucht aus seinem Kerker in der Engelsburg aus dem päpstlichen Schatz entwendet habe. Das Etui enthält eine Reihe von Kreiden, deren Funktion jedoch noch nicht vollständig geklärt ist. Die weisse Kreide dient dazu, Öffnungen auf Mauern u.ä. anzuzeichnen, die sich dann tatsächlich aufmachen lassen (zum Beispiel Türen, Kellerluken, Nischen). Die rote Kreide bringt Gegenstände zum Sprechen. Mit der gelben kann man Möwen anlocken. Die schwarze Kreide ist ein Sachenhalter, den man in Verbindung mit einer magischen Tasche benötigt (siehe Seite 127).

Vierzehntes Kapitel

Kompass Prinzessin Versprechen

Ich weiß nicht, ob ihr je auf das Dach eures Hauses geklettert seid, und wenn ja, ob dieses Dach so steil abfiel wie das von der Scheune der McBlacks. Und ich weiß auch nicht, ob ihr, um da raufzukommen, auf die Schultern eines Mädchens steigen, euch durch ein mit Vogelkot zugedrecktes Oberlicht hindurchzwangen, an ein schmales und noch dazu wackeliges Kranzgesims hängen und euch schließlich mit der Kraft eurer Arme hochziehen musstet.

Aber wenn du der Beschützer eines Zauberladens bist und dieses Mädchen Aiby Lily ist, kannst du kaum kneifen. Ich habe es an jenem Tag jedenfalls nicht geschafft, obwohl ich mir mindestens zwanzig Ausreden und Alternativvorschläge überlegt hatte. Aber auch meine Idee, die Wetterfahne mit gezielten Steinwürfen von dort oben herunterzuholen, hatte Aiby nicht gelten lassen.

Also lag ich jetzt platt auf dem Dach der Scheune mit zerrissenem T-Shirt, meine Hände waren voller Kratzer, und ich hatte eine tierische Angst, von da oben runterzufallen.

Ich kroch tapfer vorwärts und trotzte dem Wind und den Raben, die im Tiefflug über mir kreisten und anscheinend ziemlich sauer über mein Eindringen in ihr Revier waren.

Das Blechdach war brennend heiß. So würde es sich wahrscheinlich auch anfühlen, würde ich mich flach auf die Motorhaube des Traktors meines Vaters legen, wenn er nach einem langen Einsatz auf den Feldern zurückkam. Schließlich konnte ich die Wetterfahne sehen: ein Stab mit einem Kreuz, dessen Enden die Himmelsrichtungen anzeigen, und obendrauf eine spitz zulaufende Fahne und ein Drachen aus Blech.

Ich überlegte mir jede meiner Bewegungen sehr genau und verdrängte das Gefühl, ich könnte jeden Moment nach unten fallen. So kroch ich bis zum höchsten Punkt des Dachs, und es gelang mir, den unteren Teil der Wetterfahne zu greifen. Ich zog sanft an ihr, doch leider kam in diesem Moment Wind auf. Ich musste mich beeilen.

Ich zog ein zweites, drittes Mal an der Wetterfahne und schließlich packte ich sie mit beiden Händen. Meine innere Stimme warnte mich wie üblich, ich sollte das lassen und schleunigst hinunterklettern, aber weil ich ja beschlossen hatte, nicht auf sie zu hören, versetzte ich dem Unterteil der Wetterfahne einen kräftigen Ruck, indem ich mit meinem ganzen Gewicht daran zerrte.

KRACK! Der Sockel der Fahne brach so plötzlich entzwei, dass ich beinahe vom Dach gefallen wäre. Dabei wäre mir die Wetterfahne um ein Haar aus den Händen gerutscht. Mit einer akrobatischen Einlage wie ein Meister im Turmspringen schaffte ich es jedoch, das Gleichgewicht zu halten, und konnte so verhindern, dass ich samt Kompass in die Tiefe stürzte. Leider hatte ich meine Finger etwas zu fest um ihn geschlossen.

»AUA!« schrie ich überrascht auf.

Seine Spitze hatte sich in meinen Daumen gebohrt und es tat erstaunlich weh. Ich sah den Kompass an: Hatte er etwa Rost angesetzt? Als ich klein war, hatte meine Mutter mir einen regelrechten Horror vor einer Blutvergiftung und dieser bedrohlichen roten Linie eingeimpft, die von einer verunreinigten Wunde schnurstracks zum Herzen hochwandert. Und obwohl ich mittlerweile ziemlich sicher war, dass es sich dabei nur um ein Ammenmärchen handelte, mit dem man abenteuerlustige Jungs von alten, verrosteten Sachen fernhalten wollte, sah ich mir den Schnitt sofort genau an.

Er war winzig: kaum größer, als wenn man sich an einem Blatt Papier schneidet. *Nicht der Rede wert*, dachte ich, optimistisch wie immer.

Ich legte mich für einen Moment auf den Rücken und schloss die Augen. Ich hörte, wie sich in der Ferne die Töne der magischen Flöte zwischen den Hügeln verloren. *Das hast du prima gemacht, du warst echt klasse*, lobte ich mich. *Und jetzt musst du nur noch … wieder runter.*

Ich atmete einmal tief durch, betrachtete einen Moment die

träge vorbeiziehenden Wolken am Himmel, bevor ich mich wieder auf den Bauch drehte.

He, fragte ich mich dann. *Wer ist das denn?*

Ich kniff die Augen zusammen. Etwa zwanzig Schritte von mir entfernt, hinter einem der Erkerfenster des Haupthauses, war ein Mädchen zu sehen: Sie stand aufrecht da, glaubte ich wenigstens, und beobachtete mich neugierig. War sie schon da gewesen, als ich auf das Dach geklettert war, und hatte sie meine akrobatischen Verrenkungen und das Abbrechen der Wetterfahne mitverfolgt?

Das Mädchen war blass und hatte riesige Kulleraugen, doch ihr Mund war verschwindend klein. Sie musste so alt sein wie ich. Und sie glich auf erschreckende Weise der Statue des kleinen Mädchens mit dem himmelblauen Kleid in der Garage. Auf ihrem Gesicht lag die gleiche Traurigkeit.

Wortlos starrten wir einander an.

Und dann, ich weiß auch nicht warum, sprach ich sie an. Ich legte die freie Hand an den Mund und sprach jede Silbe extra deutlich: »Hal-lo, So-mer-led.« Ich deutete auf meine Brust und fügte hinzu: »Ich hei-ße Fin-ley.«

Finley McPhee mit F, genauso und nicht anders.

Einige Augenblicke lang reagierte Somerled überhaupt nicht. Sie presste ihr Gesicht weiter gegen die Scheibe. Schließlich war ich für sie ja nur ein mieser kleiner Dieb, der irgendwie auf das Dach ihrer Scheune gelangt war, um den Blechdrachen der Wetterfahne zu klauen.

Ich brauche sie, machte ich ihr durch Gesten klar und schwenkte die Wetterfahne. *Aber ich bring sie dir zurück.*

Sie lächelte mich unentschlossen an und nickte schließlich. Ich hob den Daumen zum Zeichen, dass alles okay sei, und rührte mich erst, als Somerled hinter ihrem Fenster im Dacherker ebenfalls den Daumen hob.

Nimm sie ruhig, Finley McPhee. Dann trat sie einen Schritt zurück und verschwand im Dunkel des Zimmers.

Auf dem Weg nach unten dröhnte mir der Kopf, als trommelte eine ganze Marschkapelle darin. Aiby packte mich schließlich an den Beinen und zog mich durch das Oberlicht hinein. Ich hatte schon wieder vergessen, dass ich mich an der Wetterfahne verletzt hatte, und als sie mich fragte, ob ich mir wehgetan hätte, sagte ich, nein, alles in Ordnung.

»Ich habe Somerled gesehen.«

»Und wer ist Somerled?«

»McBlacks Tochter, glaube ich. Und sie hat mich gesehen.«

Aiby klopfte den Dreck von meiner Jeans. »Okay, gehen wir?«

»Hast du verstanden, was ich gesagt habe?«

»Ja, sicher. McBlacks Tochter hat dich gesehen, als du auf dem Dach ihrer Scheune lagst, und deshalb glaube ich, dass es Zeit ist zu verschwinden, stimmt's?«

»Sie war gar nicht wütend. Sie hat mich nur angesehen.«

»Umso besser.«

Wir kletterten die Leiter nach unten, wo uns Dusty schon schwanzwedelnd und sehnsüchtig erwartete, und dann liefen wir drei durch die Scheune bis zum Tor. Ich betrachtete noch einmal die Statue des Mädchens mit den Krakenbeinen.

»Ich glaube, diese Monster sind ihr Werk«, sagte ich.

Aiby spähte vorsichtig nach draußen. »Aha.«

Wir rannten bis zur Umfassungsmauer, durch die wir hereingekommen waren. Dort holte Aiby ihren magischen Knauf heraus und öffnete die Kreidetür.

Mir blieb nicht einmal die Zeit, sie zu fragen, ob das wirklich eine so gute Idee wäre, da kam Cromwell schon mit eingekniffenem Schwanz in den Garten gesaust. Wir schlüpften schnell nach draußen, bevor er es sich anders überlegte, und kaum hatten wir die Tür geschlossen, da begann er schon wieder mit neuer Kraft zu kläffen.

»Endlich!«, rief Doug atemlos.

Aiby zeigte ihm die Wetterfahne. »Mission erfüllt!«

»Na toll, dann habt ihr sie also tatsächlich geklaut – und was wollt ihr nun damit?«, fragte Doug.

Aiby erklärte ihm, was sie mit dem Kompass von Sherwood vorhatte, und ging auf den Pfad zu, der zum Strand hinunterführte. Doug folgte ihr und ich bildete zusammen mit Dusty die Nachhut.

»Wusstest du eigentlich, dass McBlack eine Tochter hat, Doug?«, fragte ich irgendwann meinen Bruder.

»Nein. Ist sie hübsch?«

Ich strich mir verwirrt die Haare aus dem Gesicht. Ich musste ständig darüber nachdenken, wie schnell sie im Dunkel ihres Zimmers verschwunden war, nachdem sie sich von mir verabschiedet hatte, ich musste an die Statuen im Garten denken und daran, dass diese vielleicht ihr Werk waren, und dabei lief mir ein Schauer eiskalt den Rücken hinunter.

Daraufhin ignorierte ich zum wiederholten Mal die warnende Stimme in meinem Kopf und sagte zu meinem Bruder: »Nein, ich glaube nicht.«

»Na, dann ist doch klar, dass ich sie nicht kenne«, kicherte er.

Wir gingen zum Steg hinunter und bestiegen das Boot. Ich konnte nur an eines denken: Was auch immer in den nächsten Tagen passierte, das Wichtigste war, dass wir Somerled irgendwann die Wetterfahne zurückbrachten.

Und dass wir vielleicht mit ihr redeten.

Ich war so in meine Gedanken versunken, dass ich beinahe nicht bemerkt hätte, dass dieses Glitzern knapp unter der Wasseroberfläche, dort, wo die Wracks der alten Boote gesunken waren, von einer ihrer Statuen herrührte, die dort ebenfalls tief im Wasser lag.

Und ich blickte in die Quarzaugen eines Jungen mit grüner Haut.

Magische Flöte von Haromalmas

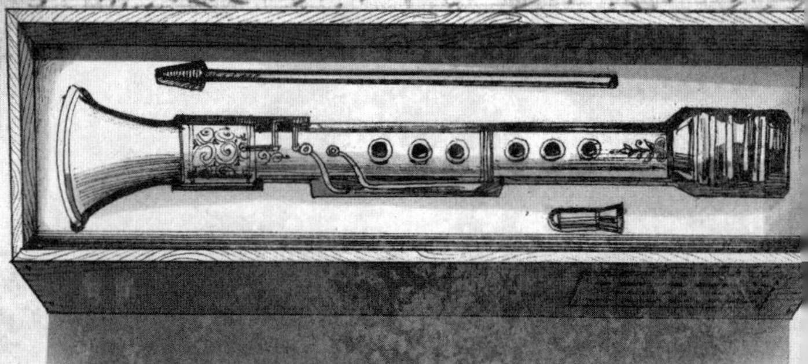

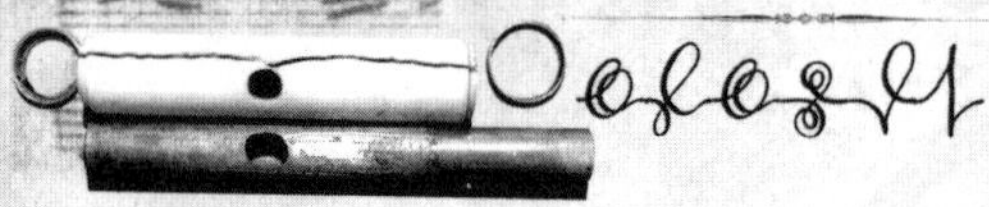

Gemäß dem Albertus Magnus zugeschriebenen Traktat DE MIRABILIBUS MUNDI *wurde die Flöte aus demselben Gold gegossen, mit dem im Jahre 1284 die erste Zechine von Venedig geprägt wurde, die berühmt-berüchtigte Goldzechine oder auch Klingende Münze. Die Flöte hat die Macht, jeden zu bezaubern, der sie hört, sodass er gezwungen ist, dem Spieler überallhin zu folgen, wie es im selben Jahre mit den allseits bekannten Kindern von Hameln geschehen ist. Man kann dem Zauber widerstehen, indem man die Magischen Ohrstöpsel aus* ES WAR EINMAL *benutzt.*

Fünfzehntes Kapitel

Askell Aiby Meb

Am Nachmittag desselben Tages, während wir auf dem Rückweg von der Villa des Grauens waren, geschahen im Dorf mehrere Dinge, die nur auf den ersten Blick nichts miteinander zu tun hatten …

Professor Everett nahm an der Versammlung der Schafzüchter des Dorfes teil, die auf dem Platz vor der Kirche stattfand, und als er hörte, dass zwei weitere Schafe verschwunden waren, sagte er, er habe im Lager seines Ladens einige Packungen mit Munition für großkalibrige Jagdgewehre gefunden, an die er bislang gar nicht gedacht hatte. Er verteilte sie an die Männer, die eine entsprechende Waffe besaßen, für die nächtlichen Streifen, und flüsterte ihnen dabei verschwörerisch zu: »Die Kugeln sind etwas ganz Besonderes … sie sind aus Silber.«

Und ohne dass es jemand extra erwähnen musste, wussten alle, dass Silberkugeln das beste Mittel gegen Wesen sind, die es eigentlich gar nicht gibt.

Mein Vater hatte zu dieser Versammlung ein Beweisstück mitgebracht, das seiner Meinung nach dabei helfen konnte, diesen Viehdieb zu finden: eine leere Whiskyflasche.

»Das ist einer der besten, Camas«, sagte McStay, der Eigentümer des Gasthauses.

Mein Vater erklärte, dass er die Flasche in der Nacht vor der Haustür gefunden hatte, als er nach mir gerufen und mich so davon abgehalten hatte, dem Grünen Mann in den Wald zu folgen. »Sagt euch diese Flasche vielleicht etwas?«, fragte er die anderen.

»Der Typ mag ja ein Viehdieb sein, aber immerhin trinkt er den besten Whisky Schottlands«, meinte einer der Männer.

»Ich hatte davon nur drei Flaschen. Zwei habe ich selbst verkauft, die dritte ist bei meinem Sohn weggegangen«, sagte nun Mrs Greenlock, die Wirtin vom Pub und die einzige Frau in der Runde.

»Und an wen hast du sie verkauft?«, fragte Jules, der der Versammlung in seinem roten Kastenwagen beiwohnte.

»An einen Kerl, den ich noch nie zuvor gesehen habe«, antwortete sie. »Er ist erst vor Kurzem hierhergekommen, ich weiß nicht, wie er heißt.«

»Meinst du etwa Locan Lily?«, fragte McBlack.

»Nein, der ist es nicht«, entgegnete Mrs Greenlock. »Das ist ein junger Kerl, sportlich, ihr wisst schon, einer von denen, die sich an der Küste ein Cottage mieten und dann jeden Morgen joggen gehen … Ich weiß nicht, ob jemand von euch ihm schon mal begegnet ist.«

Die Männer schauten einander fragend an. Nein. Keiner.

»Er läuft sehr früh, fast noch im Morgengrauen«, erläuterte sie. »Und manchmal kommt er danach bei mir vorbei. Ich werde ihn fragen, ob er auch die dritte Flasche gekauft hat.«

»Das könnte wichtig sein«, meinte mein Vater.

Das war es ganz bestimmt. Doch keiner von uns konnte sich vorstellen, dass der junge Mann, der vor einiger Zeit in Applecross angekommen war und jeden Morgen im Trainingsanzug zum Joggen ging, in der Nacht in einem Spiegelumhang gehüllt durchs Dorf streifte. Nein, der Mann, um den es ging, erkundete die Umgebung und wartete auf den richtigen Moment. Er nannte sich Semueld Askell, und wenn er diese Flaschen gekauft und eine davon vor unserer Haustür zurückgelassen hatte, dann gab es bestimmt einen guten Grund dafür.

Genau wie wir aus gutem Grund mit dem Kompass von Sherwood zum Zauberladen zurückkehrten. Während Aiby und ich aus dem Boot kletterten, war mir sehr heiß, und ich hatte das Gefühl, dass sich in der Reginald Bay kein Lüftchen regte.

»So schlimm ist es doch gar nicht, Giftschlange. Ich bringe jetzt das Boot zurück zur Mole. Du kannst doch mit dem Fahrrad heimfahren, oder?«, meinte Doug zu mir.

Ohne meine Antwort abzuwarten, flüsterte er Aiby etwas ins Ohr, ließ den Motor aufheulen und drehte dann ab Richtung Dorf.

»Was hat er zu dir gesagt?«

»Dass wir uns eventuell später im Dorf sehen«, erwiderte sie ganz unschuldig und machte sich dann daran, mit dem Kompass in der Hand die Treppe hochzuklettern.

Ich folgte ihr nicht gerade begeistert. Mir war heiß, viel zu heiß, und meine Beine fühlten sich nach all der Kletterei ziemlich steif an. Aiby ging in den Laden, um ihren Vater zu begrüßen und ihm den Kompass zu zeigen, und er gab ihr daraufhin eine kurze Zusammenfassung von dem, was man sich so im Dorf erzählte. Mr Lily war ziemlich niedergedrückt: Er wirkte sehr ernst und recht besorgt und war der Meinung, dass da nicht nur jemand durch die Wälder streifte, sondern dass auch bei ihnen zu Hause jemand ständig Dinge umstellte und von einem Zimmer ins andere trug.

Aiby ging nicht darauf ein und kam schon wenige Minuten, nachdem sie im Zauberladen verschwunden war, wieder heraus.

»Was ist, wollen wir uns auf die Jagd machen?«, fragte sie mich. Sie hatte das *Schwarze Buch der Wälder* dabei, aus dem wir unsere Informationen gesiebt hatten, einen zweiten Wälzer, den ich vorher noch nie gesehen hatte, und einen Mythenfänger, ein Gerät, das ähnlich wie ein altes Fieberthermometer mit Quecksilber funktionierte und mit dem man überprüfen konnte, ob in Objekten noch magisches Potenzial vorhanden war.

Sie setzte den Mythenfänger auf den Kompass. Der Zeiger schlug sofort aus und zeigte 13 auf einer Skala bis 21 an.

»Fantastisch!«, freute sich Aiby. »Er ist noch voll funktionsfähig.«

Ich starrte sie an, und erst in diesem Moment dämmerte mir, dass ich mein Leben riskiert hatte, um ein Zauberobjekt zu stehlen, das eventuell hätte unbrauchbar sein können. Doch als ich das entschlossene Funkeln in Aibys Augen sah, musste ich einfach glauben, dass alles genau nach Plan verlief. So wie immer.

»Wir haben uns soeben die Wetterfahne zurückgeholt, die Robin Hood benutzt hat, um sich der Gefolgschaft der Männer von Sherwood Forest zu versichern«, sagte Aiby. »Und jetzt müssen wir sie benutzen. Und dafür ...«

Sie hakte sich bei mir ein, ging mit mir zum Fahrrad, und während ich mit ihr zusammen nach Applecross fuhr, erklärte sie mir, wie wir vorgehen mussten.

Aiby saß vor mir auf der Stange zwischen meinen Armen und hielt sich mit beiden Händen in der Mitte des Lenkers fest. Dusty trottete brav hinter uns her.

Ab und zu ließ sie gedankenverloren den Lenker los, weil sie ihre Erklärungen mit ausholenden Gesten unterstrich, so wie immer, und ich musste schnell gegenlenken, um das Gleichgewicht zu halten.

»Entschuldigung!«, sagte sie dann.

Darauf ich: »Nichts passiert!«

Ich genoss ihre Worte, den Duft des Grases, der vom Rand der Bealanch Bay aufstieg, das Rollen der Brandung, die die Kiesel auf all den kleinen Stränden hin und her bewegte, die ich noch bewerten musste, Aibys Haare, die mir ins Gesicht schlugen, und es gab wirklich nichts, das ich in dem Moment lieber gemacht hätte.

Doch dann kamen wir an der Mühle der alten Cumai vorbei, wo merkwürdigerweise überall Licht brannte, ganz so, wie es Barragh McBlack erzählt hatte, und schließlich erreichten wir das Dorf und den Andenkenladen von Professor Everett. Er saß draußen und mischte diese merkwürdigen abgegriffenen Karten für seine Patience.

Aiby fragte, ob er eine Landkarte hätte, in der alle Wege auf der Halbinsel eingezeichnet waren. Everett nickte und ging in den Laden, um sie zu holen. Als er zurückkam, setzte er sich wieder und legte die ersten Karten aus, dann fragte er mich: »Bist du schon durch mit den Stränden?«

»So gut wie, Professor, so gut wie!«, log ich. Und weil mir diese Lüge so peinlich war, scharrte ich mit dem Fuß und zerquetschte dabei aus Versehen einen Skarabäus mit rotgoldenem Rücken.

Wir fuhren weiter. Die Kirchenglocken hatten gerade fünf Uhr geläutet, als wir den Laden von Meb, der Schneiderin, erreichten.

»Ist jemand da?«, fragte Aiby, als sie die Tür aufstieß.

Gleich darauf erklärte sie Meb, was wir vorhatten.

Meb holte die Wagenschlüssel und verließ mit uns ihren Laden, nachdem sie das Schild an der Tür von OFFEN auf GESCHLOSSEN gedreht hatte.

»Da müsste mal jemand hin und das Licht ausmachen«, meinte Meb leise, als sie sah, dass die Mühle der alten Cumai hell erleuchtet war. Doch sie hielt nicht an. Stattdessen drückte sie noch etwas mehr aufs Gaspedal ihres fahrbaren Untersatzes, der aussah wie die Miniaturausgabe eines Geländewagens, und raste die Küstenstraße entlang.

»Immer weiter geradeaus … weiter … weiter«, dirigierte Aiby sie, die die Strecke auf der Straßenkarte der Halbinsel von Applecross mitverfolgte.

Ich saß wie immer zusammen mit Dusty hinten und sah aus dem Fenster. Meb fuhr kurz darauf von der Küstenstraße ab und bog in diese unglaublich gefährliche Straße ein, die äußerst steil mitten in den Wald von Applecross bis zum Meal Germ führte, wo der Deich war.

Die ersten Kurven nahm sie ziemlich rasant, während sie uns berichtete, was die Frauen aus dem Dorf zu dem geheimnisvollen Viehdieb zu sagen hatten.

Zunächst begriff ich nicht, worauf sie hinauswollte. »Ja, und?«, fragte ich sie.

Meb musterte mich im Rückspiegel. Ihr Gesicht sah müde aus, als ob sie zu wenig Schlaf bekommen hätte, aber ich sprach sie lieber nicht darauf an. Ich hatte gelernt, dass man manche Frage besser nicht stellte, seit ich als kleiner Junge von dem Schrotthändler Timothy hatte wissen wollen, wie er seinen linken Arm vom Ellenbogengelenk an abwärts verloren hatte. Nach seiner Antwort hatte ich eine Woche lang nicht schlafen können.

»Die Frauen, vor allem die etwas älteren«, berichtete Meb, »geiern inzwischen richtiggehend auf irgendwelche Merkwürdigkeiten. Seit der Sache mit dem Holländer neulich wird jeder Gast der McStays genau durchleuchtet. Hier kommt nicht mal eine Fliege an, ohne dass sie davon erfahren. Anscheinend gibt es einen Mann, der am frühen Morgen seine Jogging-Runden dreht, und dann ist da noch dein Vater, Aiby, der ständig ohne ersichtlichen Grund von einem Ende des Dorfes zum anderen unterwegs ist.«

»Er sucht nach Brettern, um die Treppe zum Meer hinunter zu reparieren«, meinte Aiby.

»Das habe ich ihnen auch gesagt«, fuhr Meb fort. »Aber es ist ja doch verständlich, dass sie ihm etwas mehr Aufmerksamkeit als nötig schenken, denn ganz gewiss haben viele komische Dinge erst angefangen, seit ihr ins Dorf gezogen seid. Alle haben natürlich den Heißluftballon gesehen und das achtzehn Meter lange Segelboot, mit dem eure Gäste zur Einweihung gekommen sind …«

»Hmm«, machte Aiby, die weiter aufmerksam die Karte studierte.

»Und dann gibt es da noch etwas, über das sie gerne in meiner Anwesenheit sprechen, weil sie hoffen, ich würde etwas dazu sagen.« Wieder sah Meb mich an. »Sie haben sich gefragt, warum es keine Mrs Lily gibt und was du machen wirst, wenn der Sommer vorbei ist und du wieder zur Schule musst … Alles in allem halten sie dich also für ein Mädchen, das man besser im Auge behalten sollte.«

»Ich hab die Schule schon hinter mir«, murmelte Aiby und faltete daraufhin die Karte auseinander, sodass sie das ganze Auto damit ausfüllte.

Wir hielten mitten auf der Steigung an, stiegen aus und nahmen nur den Kompass von Sherwood mit sowie die Brötchen, die wir mittags gar nicht gegessen hatten. Ich war aber nicht hungrig und teilte mir deshalb meines mit Dusty.

»So macht man das …«, erklärte mir Aiby nun, als sie mir die Wetterfahne reichte. Sie verband mir die Augen, legte meine Hand unten um den Windpfeil und flüsterte mir dann den Zauberspruch ins Ohr.

Ich hob die Augenbinde hoch. »Das ist alles?«, fragte ich.

»Ja. Aber man braucht mal wieder einen Mann, damit der Kompass von Sherwood funktioniert«, erklärte sie mir leicht säuerlich. Und dieser einfache Satz machte mich unglaublich stolz.

Ich stellte mich an den Straßenrand, vor Mebs Wagen, und sprach die geheime Formel aus. Ich spürte, wie sofort Bewegung in den Stab der Fahne kam, die sich aufrichtete und dann zu drehen begann. Schließlich bäumte sich der Drache auf, während meine innere Stimme mich mal wieder warnte, dass es ziemlich gefährlich sein konnte, ein schlafendes Waldwesen in seinem Versteck aufzustöbern.

Als der Kompass sich beruhigt hatte, legte mir Aiby eine Hand auf die Schulter und sagte: »Das war's. Er hat etwas gefunden und der Drache hat sich fünfmal aufgebäumt.«

»Und was heißt das?«

»Dass wir jetzt fünfhundert Meter in diese Richtung müssen … Und dann beginnen wir wieder von vorn.«

Bald danach ging die Sonne unter und färbte das Meer golden. Die Berge auf den Inseln vor uns bildeten ein Schattenschloss mit spitzen Zinnen, eine Bühne, die sich von Insel zu Insel bis hin zur Unendlichkeit öffnete. Wir waren gerade mitten im Wald, als die Dunkelheit hereinbrach, denn dorthin hatte uns der Kompass von Sherwood geführt: immer einen Wegabschnitt nach dem anderen, dann kam wieder das hübsche Spiel mit der sich drehenden Wetterfahne und dem Drachen, der sich aufbäumte. Und wir waren gezwungen, der angegebenen Richtung auf jeden Fall zu folgen, durch Schluchten, Bachläufe und über Lichtungen voller blauer Blumen und Geröllhalden.

Je weiter wir in den dichten Wald vordrangen, desto stärker wurde der Wildgeruch, und ich merkte, wie mir allmählich leicht übel wurde. Je länger die Schatten wurden, desto intensiver schienen die Gerüche, Eindrücke und Geräusche zu werden. Die Zweige der Bäume kamen mir immer krummer vor, das Gras immer dichter und unwegsamer, die Felsbrocken wurden immer spitzer und die Steine immer rutschiger.

Ich hielt die Wetterfahne, wiederholte den Zauberspruch wie ein Mantra, das sie in Einklang mit der Magie bringen sollte, die die Welt erfüllte, aber nach jedem Mal fühlte ich mich schwächer, als ob es mich stets größere Mühe kosten würde, den Zauberspruch auszusprechen.

Mein Herz schlug immer langsamer und meine Füße wurden immer schwerer.

Dusty war so glücklich wie noch nie, Meb wirkte besorgt, weil es dunkel wurde, Aiby dagegen schien sich pudelwohl zu fühlen.

»Bist du auch ganz sicher, dass es funktioniert?«, fragte ich bei der x-ten plötzlichen Richtungsänderung, die uns der Kompass vorschrieb. Wir befanden uns irgendwo im Hinterland von Applecross, wir konnten nur noch ein paar dunkle Dächer in der Ferne erkennen.

»Aber klar doch«, erwiderte Aiby. »Ein wenig Geduld bitte. Nicht jede Magie ist so schnell, wie man es eigentlich erwartet.«

»Kann ich dich etwas fragen, Aiby? Weißt du eigentlich, was der Zauberspruch bedeutet, den ich die ganze Zeit wiederhole?«

»›Die Natur versteckt sich gern‹«, antwortete Aiby.

»Aber was ich hier sage … *physis blablabla* … Ist das Zauberisch?«

Da mussten sowohl Meb als auch Aiby laut lachen und ließen mich ziemlich blöd dastehen. »Nein!«, meinte Aiby dann. »Das ist Altgriechisch!«

»Und warum ist der Spruch in Altgriechisch?«

»Vielleicht, weil dieses Objekt mit Magie jemandem gehört hat, der Altgriechisch mochte?«

Das war eine gute Antwort, aber gleichzeitig ziemlich unbefriedigend für mich. Ich meine: Warum musste man eigentlich in Zauberisch schreiben, wenn man dann doch eine andere Sprache benutzte? Ich machte mir im Kopf eine Notiz, dass ich mich wirklich auf den Hosenboden setzen sollte, um die Sprache der Zauberer ordentlich zu lernen, sobald dieses Abenteuer vorbei wäre.

»Diese Sprache war vor vielen, vielen Jahren sehr verbreitet …«, erklärte mir Aiby. »Heute dagegen gilt Altgriechisch als tote Sprache.«

Wir liefen immer weiter. Unsere Haare flatterten im Wind und unsere Zehen versanken im Moos. Während ich beobachtete, wie Aiby wie eine Waldfrau vor mir herlief, hatte ich das Gefühl, sie schon seit langer Zeit zu kennen. Und Worte gingen mir durch den Kopf, die ich noch niemals ausgesprochen hatte, und zwar so schnell, dass mir schwindlig wurde und ich stehen bleiben musste.

»Ich glaube nicht, dass es wirklich tote Sprachen sind …«, meinte Meb, während ich langsam wieder zu Atem kam.

»Ich glaube nicht, dass es wirklich Tote gibt«, sagte Aiby darauf. »Ich meine …« Sie breitete die Arme aus. »Meine Mutter sagte immer, Tote sind bloß diejenigen, die die Neugier verloren haben, hin und wieder zurückzukommen, um zu sehen, was die anderen so treiben.«

Das war ein schönes Bild und das sagte ich ihr auch.

»Auch wenn sie tot sind, also wirklich tot …«, fuhr sie fort, »sprechen sie doch ab und zu mit uns oder stellen uns Fragen, so wie eine leise, innere Stimme in unserem Kopf. Ist euch das schon mal passiert?«

Ich hob den Finger. »Mir schon ganz oft. Aber ich höre nie auf sie.«

»Und wer, glaubst du, ist es?«, fragte Aiby.

»Wie meinst du das?«

»Wer ist derjenige, der mit dieser inneren Stimme zu dir spricht?«

Ich kniff überrascht die Augen zusammen, aber dann musste ich nicht lange überlegen, um auf eine Antwort zu kommen. »Ich glaube, es ist meine Großmutter.«

Aiby blieb plötzlich vor mir stehen, sie zitterte am ganzen Körper. Bis zu diesem Tag hatte ich mich und alles drumherum noch nie so intensiv gespürt, als ob mein Wahrnehmungsvermögen verstärkt worden wäre.

»Meine Großmutter ist gestorben, als ich sieben Jahre alt war«, fuhr ich fort und schloss die Augen.

»Meine Mutter dagegen …«, begann Aiby. Doch in dem Moment fing Dusty wild zu bellen an und stürzte sich ohne Vorwarnung ins dichte Unterholz.

»Er hat etwas gewittert«, sagte ich.

»Ich auch«, erwiderte Aiby.

»Ich weiß aber nicht was.«

»Ich auch nicht.«

Aiby hatte eine Gänsehaut an den Armen.

»Wollen wir nachsehen?«

KOMPASS
von
SHERWOOD

Die Geschichte dieses Objektes mit Magie ist hoch umstritten. Er ist durch viele Hände gegangen und immer wieder verändert worden (die Drachenfigur auf der Spitze scheint im neunzehnten Jahrhundert hinzugefügt worden zu sein) und gilt als eines der dreizehn Schlüsselobjekte von Großbritannien. Der Kompass wurde auf der Halbinsel Chalkidiki aus dem Lebenssaft der Wälder von Arkadien und einer Pfeilspitze von den Pikten geschaffen, jenem alten schottischen Volksstamm, den der römische Kaiser Konstantin (selbst ein großer Gegner der Anderen) 333 n. Chr. zwar angriff, aber nie besiegen konnte. Ursprünglich diente er dazu, die Passagen zwischen der Welt der Zeit (also unserer Welt) und der Hohlwelt (der Welt der Anderen) anzuzeigen. Nachdem Robin Hood ihn geraubt und in den Wald von Sherwood gebracht hatte, kam er in den Besitz des großen Barden William Shakespeare, der ihn an Titania, die Königin des Kleinen Volkes, zurückgab. Auf verschlungenen Wegen gelangte er wieder nach Suffolk und wurde zuletzt von der Familie McBlack in Applecross erworben.

Sechzehntes Kapitel

Gräten Körner Kugeln

Der Geruch nach Wild wurde noch intensiver und durchdringender, als wäre er Bestandteil der Luft. Der Wind konnte ihn nicht zerstreuen, und er hielt sich beharrlich, als wäre er zwischen den Zweigen gefangen.

Ich begriff, dass wir tatsächlich auf dem richtigen Weg waren, als ich sah, dass alle Blätter und das Gras in unserer Umgebung verbrannt waren. Dusty hatte, nachdem er vorhin so mutig vorgelaufen war, schnell winselnd kehrtgemacht und drängte sich nun an meine Knöchel.

Ich schob einige Zweige beiseite und stand plötzlich vor einer kleinen Höhle, die sich hinter dem Blättergeflecht verborgen hatte. Dabei kam mir die Geschichte von den beiden grünen Kindern in den Sinn, die wir aus dem *Schwarzen Buch der Wälder* herausgesiebt hatten: Man hatte sie vor einer Höhle gefunden …

Vorsichtig näherten wir uns. In der Höhle fanden wir drei Schafe, die dort angebunden waren. Doch aus den Bauernhöfen waren viel mehr Tiere verschwunden und die hätten hier gar nicht alle Platz gefunden.

Es sei denn, die Höhle hätte noch einen anderen Ausgang. Wie in der Geschichte mit den beiden grünen Kindern … wie war das da noch mal genau gewesen? Sie hatten in einer anderen Gegend gelebt, dann waren sie in diese Höhle gegangen und schließlich woanders wieder herausgekommen … nämlich in einem Wald in Suffolk.

Der Boden war mit Dutzenden Fischgräten und einem Berg von Krabbenschalen übersät. Es stank unerträglich und überall schwirrten Scharen von Fliegen herum.

In einer Ecke der Höhle war Gras aufgehäuft, wie für ein Lager zum Schlafen.

»Anscheinend ist das hier sein Unterschlupf …«, sagte Aiby.

»Zum Glück ist er nicht da …«, fügte ich hinzu.

Dusty beschnupperte alles und sein Schwanz wippte dabei hin und her wie ein Metronom.

»Himmel!«, rief Meb entsetzt. »Wir müssen die Schafe losbinden und den anderen Bescheid sagen.«

Sicher. Aber das hatte noch einen Augenblick Zeit. Ich kniete mich auf das Gras und wedelte mit den Händen, um die Fliegen zu verjagen. Zwischen den von der Hitze geschwärzten Halmen hatte ich nämlich etwas Seltsames entdeckt. Goldgelbe längliche Körnchen …

Ich pickte eins auf und betrachtete es von allen Seiten.

»He«, sagte ich zu Meb und Aiby. »Ist das nicht … ein Weizenkorn?«

Genauso war es und davon gab es viele in der Höhle, sie waren über den ganzen Boden verstreut. Neben Weizenkörnern und Fischgräten fanden wir noch eine Flasche mit einigen eingelegten Chilischoten und ein zerbrochenes Glas. Die gleiche Whiskymarke, von der mein Vater eine Flasche vor unserer Tür gefunden hatte.

Doch als ich das sagen wollte, hallte ein lauter Knall durch den Wald. Dusty sprang hoch und Meb, Aiby und ich starrten uns entsetzt an.

»Ihr habt das doch auch gehört, oder?«, fragte Aiby.

»Das war ein Gewehrschuss!«

Nun hatten wir genug. Wir traten eilig den Rückzug an, wieder durch den Wald, wo sich inzwischen die Nacht wie ein graues Tuch über die Bäume legte. Als wir das Auto erreichten, war es vollkommen dunkel. Die Sonne war mit atemberaubender Geschwindigkeit hinter dem Horizont verschwunden und bald würden die Sterne das samtige Schwarz des Himmels durchbrechen.

»Wer hat da wohl geschossen?«

»Und auf wen?«, fragten wir uns.

Meb legte den ersten Gang ein und fuhr los.

Aiby machte das Licht im Wagen an und blätterte eines der beiden Bücher durch, die sie mitgebracht hatte. Mir war immer noch gar nicht wohl, und ich ließ mich schwer in den Sitz fallen, während sich um mich herum alles langsam drehte.

»Da ich jetzt gesehen habe, wo er sich aufhält, habe ich diesen Waldmann im *Großen Register der Zauberwesen* gesucht, Leute«, sagte sie leise. »Und vielleicht habe ich ihn sogar gefunden.«

»Klasse«, gab ich zurück. »Und wonach hast du gesucht?«

»Nach Schafen, Fischen, Weizen, Chilischoten und Whisky.«

Ich lachte. »Und da hast du wirklich was gefunden?«

Das Ganze war nicht halb so verblüffend, wenn man bedachte, dass die Beiträge in vielen von Aibys Lexika nicht alphabetisch, sondern nach der Bedeutung für den, der in dem Buch blätterte, geordnet waren.

»Ich glaube schon. Aber das wäre wirklich seltsam. Ein wildes Wesen, das ein Psychopomp ist.«

Dusty kläffte laut.

»Ich kann mich Dusty bloß anschließen«, erklärte ich. »Also: Was ist ein Psychopomp?«

»Das sind Fährmänner«, fuhr Aiby fort. »Wesen, die einen von einer Welt in die andere bringen. Wie Charon, der Fährmann der Seelen, der sie in …«

»… die Welt der Toten begleitet.«

»Ich glaube nicht daran, dass es überhaupt Tote gibt«, erinnerte mich Aiby. »Wie dem auch sei, anscheinend ist dieser Mann ein Fährmann zwischen der realen Welt und der Welt der Magie. Er heißt Green Jack oder auch Jack in the Green, und um ihn zu beschwören, braucht man ofenwarmes Brot, gerösteten Weizen und einen ganz besonderen Whisky mit einundzwanzig scharfen Chilischoten drin.«

»Im Prinzip genau die Dinge, die wir in seinem Unterschlupf gefunden haben …«, meinte Meb leise, während sie den Wagen steuerte.

Hinter einer Kurve tauchten nun die Lichter des Dorfes auf.

»Also hat ihn jemand gerufen?«, fragte ich. »Und wozu?«

»Im Buch steht, Green Jack ist ausgesprochen gefährlich und wenig entgegenkommend …«, las Aiby vor. »Er geht immer barfuß und seine Füße sind beständig glühend heiß …«

»Das verbrannte Gras …«

»Er kleidet sich am liebsten in lange, bunte Umhänge, und er trägt eine dunkle Brille mit einem zerbrochenen Glas, mit der er gleichzeitig die Welt der Magie und die reale Welt sehen kann.«

Mit nur einem Glas, dachte ich. »Warte mal!«

Meb bremste abrupt und ich packte die beiden vor mir an den Schultern.

Mir war etwas eingefallen, was mir vorher unbedeutend erschienen war: Als ich den Mann am anderen Ende der Wiese vor unserem Haus gesehen hatte, war mir ein Lichtschein, eine Art Lichtreflex, auf seinem Gesicht aufgefallen. So, als trüge er eine Brille mit nur einem Glas.

»Das war er. Hundertprozentig«, sagte ich leise, »und er hat die Hände bewegt … es sah aus, als … ach, ich weiß nicht, wie ich das erklären soll. Aber das tat er immer wieder.« Ich seufzte resigniert.

»So, wie es aussieht …«, meinte Aiby, »stirbt jedes Mal, wenn Green Jack irgendwo gesehen wird, jede Woche ein Mensch, und das drei Wochen hintereinander.«

»Drei Wochen sind … sieben, vierzehn … einundzwanzig Tage«, sagte ich.

»Einundzwanzig Chilischoten«, meinte Meb.

»Einundzwanzig Gramm«, fügte ich hinzu – und mir lief es eiskalt den Rücken herunter. »Das ist das Gewicht der Seele. Habe ich einmal bei Doug in einem Film gesehen.«

»Hört ihr mal damit auf, ihr beiden?«, ermahnte uns Aiby. »Im Buch steht auch noch, dass Green Jack sein Opfer auswählt, nachdem er es mit seiner Brille in beiden Welten gesehen hat, und nur, wenn es interessant genug ist …«

»Was ist mit ›interessant genug‹ gemeint?«, fragte ich.

»In Bezug auf Magie«, antwortete Aiby. »Wenn es genug Magische Seele hat … dann fordert er es zum Wettstreit heraus.«

»Zu was für einem Wettstreit?«

Aiby schüttelte entnervt den Kopf. »Nur eine Partie Karten. Wenn Jack gewinnt, nimmt er sich die Magische Seele des anderen und tut damit, was er will.«

»Und was ist, wenn er verliert?«

»Im Buch steht, dass er noch nie verloren hat.«

Ich versank mit düsterer Miene wieder tiefer in meinem Sitz.

»Aber was ist das für ein Spiel?«

Aiby klappte das Buch zu. Dort gab es keine Antworten mehr.

Als wir nach Applecross kamen, brannten die Straßenlaternen bereits und um sie herum schwirrten Millionen Nachtfalter.

»Wir müssen die Leute warnen«, sagte ich. »Und wir müssen einen Weg finden, den Kerl aufzuhalten.«

»Und wie willst du das anstellen?«

Das wusste ich nicht.

»Wir rufen ihn und erklären ihm, dass er sich am besten vom Acker macht?«

Da fiel mir plötzlich etwas ein. »Seit wann verschwinden noch mal die Schafe?«

»Seit mindestens zwei Wochen«, antwortete Meb.

»Also etwa seit dem Tod der alten Cumai …«, erinnerte ich sie.

Und? War noch jemand gestorben? Sicher, Mr Dogberry, aber das war zu lange her.

»Und wenn er dann kommt?«, fragte Aiby, die weiter ihren Gedanken nachgehangen hatte.

»Wenn er kommt, muss man eben mit ihm spielen«, sagte ich. »Und richtig viel Glück haben.«

Wir hielten vor dem Greenlock-Pub an, wo sich sonst um diese Zeit die Männer trafen, um ihre Nachtstreifen einzuteilen. Doch heute Abend war es anders. Alle hatten den Gewehrschuss gehört, und sobald sie uns sahen, kamen sie auf uns zu.

Sie wirkten höchst aufgeregt. Und dafür gab es auch einen schlimmen Grund.

Jemand hatte auf Aibys Vater geschossen.

Siebzehntes Kapitel

Greenlock
Green Jack
Camas

Meb ließ den Wagen mitten auf der Straße stehen. Völlig verwirrt stiegen wir aus, und Meb und ich versuchten, Aiby zu stützen, die sich kaum auf den Füßen halten konnte. Wir drängten uns an den Leuten vorbei, doch bald wurde ich von den beiden getrennt. Das Letzte, was ich sah, war, dass Meb sich ihren Weg in den Greenlock-Pub freikämpfte, und dann wurde ich von den Dorfbewohnern in Beschlag genommen, die alle gleichzeitig auf mich einredeten.

»In der Reginald Bay ist geschossen worden.«

»Nein, das war auf der Straße!«

»Ich sage dir, das war bei den McBlacks. Da ist geschossen worden.«

Mit Mühe fand ich heraus, dass es Barragh McBlack war,

der geschossen hatte, und zwar auf der Straße, die zur Villa des Grauens führte, und dass er dann, als er gesehen hatte, wen er getroffen hatte, Aibys Vater sofort in den Pub gebracht hatte.

»Warum hat er ihn denn in den Pub gebracht?«, fragte ich und schob die Leute beiseite, um hineinzukommen. Alle hatten sich unter dem Wirtshausschild versammelt, das ein grünes Vorhängeschloss zeigte und noch aus den Zeiten stammte, als kaum einer lesen oder schreiben konnte und man die Wirtshäuser nur an ihren Schildern erkannte.

»Hier ist der einzige Platz, wo wir sicher sein konnten, um diese Zeit garantiert Alkohol zu finden«, erklärte mir Mr Humpty Wallace und wischte sich den Bierschaum aus seinem Schnurrbart.

»Klar ...«

»Genau!«

»Das war wirklich das Beste ...«

»Ich war bei McBlack, als er geschossen hat. Er hat gesagt, da waren zwei auf der Straße.«

»Und er hat einen getroffen.«

»Den Falschen!«

»Bist du sicher?«

Ich hatte es beinahe in den Pub geschafft, als ich eine Stimme hörte, die ich kannte, und deshalb blieb ich stehen.

»Hallo, McPhee«, begrüßte mich Sammy Angler, der auf einem Barhocker vor dem Lokal hockte. »Was tust du denn hier?«

»Dasselbe wie du, Sammy.«

Mein ehemaliger Mitschüler war so gekleidet wie ein Schotte, der vorhat, in die Wälder zu gehen: Er trug ein rot und grün kariertes Hemd, Barchenthosen gegen die Mücken und Gummistiefel mit Panzersohlen. Und das mitten im Hochsommer.

Sammy spuckte auf den Boden.

»Ich war heute Nacht auch draußen«, sagte er mit übertrieben tiefer Stimme. »Mit der Streife von McBlack.«

»Du gehst also nachts auch auf Kontrollrunde? Mit den anderen?« Ich sah zu den Männern im Pub hinüber, von denen alle deutlich älter und mit einem beachtlichen Bauch gesegnet waren.

»Jemand muss es ja tun. Und ich kann mit einem Gewehr umgehen.«

»Hast du etwa geschossen?«, fragte ich ihn sofort.

»Machst du Witze?« Sammy lachte hämisch. »Ich hätte ihn voll erwischt.«

Ich konnte mich gerade noch zurückhalten, ihm eins voll auf die Nase zu geben, und beschränkte mich darauf, gegen seinen Hocker zu treten, sodass der gefährlich ins Schwanken kam.

»Hey«, protestierte Sammy. »Was soll das? Jetzt sag mir nicht, dass du auf der Seite von *dem da* bist?«

Dem da? Mr Lily war jetzt plötzlich *der da*?

»Und du sag mir jetzt nicht, Sammy, dass du glaubst, Mr Lily hätte die Schafe verschwinden lassen!«

Mein ehemaliger Mitschüler kniff die Augen zusammen und sah mich finster an. »Na klar glaube ich das!«

»Pah!«, sagte ich und drehte ihm den Rücken zu. Mit so einem konnte man nicht vernünftig reden. Ich musste jemanden finden, der bereit war, sich anzuhören, was Aiby, Meb und ich herausgefunden hatten. Und auch glauben wollte, dass ein Waldwesen namens Green Jack ins Dorf gerufen worden war, um …

Ja, warum eigentlich? Um drei Menschen zum Kartenspiel herauszufordern und ihnen ihre Magische Seele zu rauben? Und wer hatte ihn überhaupt gerufen?

Als ich den Pub betrat, musste ich mich auch hier weiter durch die Leute kämpfen. Dem Geruch nach Viehstall und Fisch zu urteilen, hatte sich die Nachricht ganz schnell im Dorf verbreitet, und alle waren zum Pub gerannt, ohne erst groß nachzudenken. Das Greenlock bestand aus drei Räumen, einem großen Kamin, einer Tafel mit den Tagesgerichten, die seit über einem Jahr nicht gewechselt hatten, und dem Tresen, hinter dem die Biere gezapft wurden. Dort war das Reich von Michael, dem Sohn der Wirtin, den ich noch nie woanders gesehen hatte. Das Stimmengewirr im Raum war ohrenbetäubend.

»McBlack, wer auch sonst?«

»Er sagt, dass er gesehen hat, wie der andere rohes Fleisch als Köder ausgelegt hat.«

»War er allein?«

»Nein, sie waren zu zweit.«

»Quatsch, da war nur er, sage ich euch!«

»Wann ist es denn passiert?«

»Vor knapp einer Stunde.«

»Hast du den Schuss nicht gehört?«

Ich kämpfte mich mit gesenktem Kopf durch die Menge

und passte auf, dass ich dabei keinen Ellenbogen an die Stirn bekam. Dusty folgte mir auf dem Fuß, er musste sich seinen Weg durch die Stiefel der Anwesenden bahnen. In einer Ecke bemerkte ich Reverend Prospero, der sich angeregt mit Professor Everett unterhielt. Ich überlegte kurz, zu den beiden zu gehen, um zu hören, was sie einander so Interessantes zu erzählen hatten, aber dann wurde ich plötzlich von hinten gepackt.

»Doug!«, rief ich überrascht.

»Hast du das gehört?«

Na klar, Doug, wollte ich eigentlich sagen. *Jeder hier hat das natürlich gehört.* Aber ich hielt mich zurück und fragte lieber: »Weißt du, wo Locan ist?«

»Da drüben«, sagte mein Bruder. Er führte mich seitlich vom Tresen in Richtung der Toiletten und öffnete eine kleine Tür, hinter der eine Treppe nach oben führte. Wir traten hindurch und er eilte mir voraus.

»Hast du ihn gesehen? Hast du Aibys Vater gesehen?«, fragte ich, während ich ihm über die knarrenden Stufen folgte. Meine Beine fühlten sich immer noch bleischwer an, und als ich an mir heruntersah, kamen mir meine Hände und Arme grün vor. »Wie geht's ihm?«

»Er wurde am Arm getroffen. Keine wirklich schlimme Verletzung, aber er hat sehr viel Blut verloren … Und vor allem, hat man mir wenigstens erzählt, grenzt es an ein Wunder, dass man ihn überhaupt hierherbringen konnte.«

»Was hat man dir erzählt?«

»Man hat mir gesagt, McBlack hätte aus Notwehr schießen müssen.«

Doug stieß eine zweite kleine Tür auf, und dann fanden wir uns auf einem langen, schmalen Flur wieder, an dessen Ende Stimmen zu hören waren. Ich erkannte sofort die von Aiby und mich erfasste Panik.

»Wir haben seinen Schlupfwinkel entdeckt, Doug«, sagte ich und erklärte meinem Bruder rasch, was wir herausgefunden hatten.

»Ich tue das, was ich tun muss, du kleine Göre!«, schrie Barragh McBlack. »Das mit dem Treffer tut mir leid, aber dein Vater hätte nachts nicht draußen herumlaufen sollen!«

»Sie sind ja wahnsinnig, einfach so auf Leute zu schießen!«, schrie Aiby zurück.

»Pass auf, was du sagst, du ungezogenes Rotzblag! Wie es der Zufall will, sind ausgerechnet heute bei mir zu Hause ein paar Diebe gewesen, und deshalb war ich besonders auf der Hut! Und wenn du so weitermachst, halten wir dich hier fest, bis Bobby Thorne kommt!«

Ich schaute zu Doug hinüber, weil ich wissen wollte, ob ich das richtig verstanden hatte. Bobby Thorne war der Polizist des Bezirks und wohnte nicht in Applecross. Wenn man ihn kontaktierte, hieß das, auf jemanden zu vertrauen, der alles auf der Welt wollte, nur nicht gerufen werden. Bobby hatte sich in den äußersten Norden Schottlands versetzen lassen, weil er hoffte, dort in Ruhe gelassen zu werden.

»Mein Vater ist kein Dieb!«, schrie Aiby am Ende des Flurs.

»Das werden wir ja sehen!«, erwiderte Barragh McBlack genauso heftig. Da fiel mir ein, dass ich jetzt besser die Wetterfahne verstecken sollte, die auf dem Rücksitz von Mebs Wagen lag.

Es ging noch ein wenig hin und her, dann stürzte McBlack mit vor Wut bebendem Schnurrbart aus dem Zimmer. »Das hat noch ein Nachspiel!«, rief er und fuchtelte wild mit den Händen. Beinahe hätte er uns umgerannt.

Doug bedeutete mir, ich sollte stehen bleiben. Er ging zur Tür, aus der McBlack gerade gekommen war, und fragte: »Können wir reinkommen?«

Statt einer Antwort erschien mein Vater auf der Schwelle.

»Papa?«, fragte ich verblüfft.

Ihm schien es genauso zu gehen. Er trug eine Brille mit kleinen runden Gläsern und wischte sich die Hände an einem Handtuch ab, das irgendwann mal weiß gewesen war.

»Bring diesen Hund weg, Finley …«, befahl er mir. »Es ist auch so schon schlimm genug!«

Ich wusste zwar, dass mein Vater mal ein Medizinstudium angefangen hatte und dass er, bevor er Mama kennengelernt hatte, ein paar Monate als Assistent in einer Tierarztpraxis gearbeitet hatte. Aber ich hätte nie gedacht, dass er auch eine Schussverletzung behandeln konnte. Wahrscheinlich hatte er als Einziger seine Hilfe angeboten.

»Wie geht es Mr Lily?«, fragte ich ihn leise. Mein Vater rieb sich heftig die Hände am Tuch ab und sah mich wieder an, als müsste er entscheiden, wie ehrlich er mir antworten sollte.

»Ich habe die Schrotkugeln herausgeholt … und ich habe mein Bestes getan, um die Wunde zu desinfizieren. Sonst … bleibt uns nichts, als abzuwarten.«

Ich schaute meinem Vater über die Schulter und da sah ich Mr Lily mit geschlossenen Augen auf einem Bett liegen, leichenblass, die Haare waren ihm in die Stirn gefallen. Man hatte ihm sein Hemd ausgezogen und ein Arm war dick umwickelt. »Aber es ist doch nicht Ernstes, oder?«, fragte ich und schob Dusty weg.

Aiby erschien in der Tür. Sie hielt eine Schrotkugel aus einem Jagdgewehr in der Hand, so groß wie eine Schmeißfliege.

»Die ist aus Silber«, erklärte sie und dann sah sie mich an. »Weißt du, was das bedeutet, Finley?«

Nein, ich hatte keine Ahnung. Ihre grünen Augen blitzten. »McBlack hat tatsächlich auf jemand anderen gezielt. Sie waren beide auf der Straße. Papa und Green Jack. Er war gekommen, um ihn herauszufordern. Der Grüne Mann, verstehst du, was das heißt? Er war gekommen, um gegen meinen Vater zu spielen. Das war der Plan …« Aiby wurde leiser. »Wenn McBlack sie nicht gesehen hätte … und er nicht auf sie geschossen hätte … würden sie immer noch spielen.«

»Aiby …«

»Weißt du, was diese Bewegung bedeutet, die du dir nicht erklären konntest, Finley?«, sagte sie. »Was der Grüne Mann im Dunkeln vor eurem Haus gemacht hat?«

»Nein.«

»Er hatte ein Kartenspiel in der Hand, er hat die Karten gemischt.«

Ich starrte sie mit weit aufgerissenen Augen an.

»Green Jack wettet um deine Seele in einem Spiel, das Black Jack heißt. Oder Siebzehnundvier.«

Siebzehnundvier, dachte ich. *Also einundzwanzig*.
Einundzwanzig Chilischoten in der Flasche.
Einundzwanzig Tage blieb Green Jack dort, wohin man ihn rief.
Einundzwanzig Gramm betrug das Gewicht der Seele.

SEELENKARTEN

Es handelt sich um einen Satz Spielkarten, die auf den ersten Blick ganz normal wirken. Bei genauerem Hinsehen erkennt man jedoch, dass keine der traditionellen Farben von französischen Spielkarten (Herz, Pik, Karo, Kreuz) richtig abgebildet ist. Anstelle der üblichen „Buben" gibt es Hunde (Herz-Hund, Pik-Hund und so weiter), und anstelle der Könige finden sich Esel. Um mit diesen Karten spielen zu können, muss man die eigenen sieben Seelen benutzen, vor allem die Magische Seele.

Achtzehntes Kapitel

Eindringling
Eindringlinge
Albträume

Als ich zu Hause ankam, ging in meinem Kopf alles durcheinander. Es war nach Mitternacht und ich hatte meine Geschichte von der Höhle des Grünen Mannes im Wald und wie man dorthin kam mindestens dreimal drei verschiedenen Gruppen von Personen erzählt. Ich hatte viele Autos ankommen und dann wieder fortfahren sehen, später konnte ich beobachten, wie sich Menschen mit Fackeln über die Hügel verteilten.

Ich hatte unsere Sachen aus Mebs Wagen geholt, hatte mein Fahrrad vor ihrem Laden eingesammelt, und als ich endlich zu Hause vom Sattel stieg, war ich nur noch eins: unglaublich müde.

Ich lehnte mein Fahrrad an die Hauswand, und mir fiel

auf, dass der Lieferwagen fehlte: Mein Vater war also noch nicht zurück. Ich schob das Fliegengitter auf und ging sofort in mein Zimmer.

Dann schlief ich einen ganzen Tag durch, ohne dass mich irgendwer störte, und als ich aufwachte und nach unten lief, war schon wieder Abend. Im Wohnzimmer saß der Bezirkspolizist Bobby Thorn, der sich gerade genüsslich über ein Stück Heidelbeerkuchen hermachte. Meine Mutter hatte sich ihm gegenüber auf der Sofakante niedergelassen und wirkte angespannt.

»Hier haben wir also McPhee junior!«, rief der Polizist aus, als er mich bemerkte. Er wischte sich die Hand an der Hose ab und streckte sie mir hin. »Du bist ja schon ein richtiger kleiner Mann!«

Während ich seine Hand schüttelte, dachte ich darüber nach, dass ich ihm für das »kleiner Mann« am liebsten alle vier Reifen seines Autos zerstochen hätte.

»Ist alles in Ordnung mit dir, Finley?«, fragte mich meine Mutter, die mich normalerweise nie so lange schlafen ließ.

Mein Magen knurrte. »Ich glaube, ich habe Hunger.«

»Ich mach dir gleich was zu essen.«

Ich dankte ihr, und erst jetzt fiel mir auf, dass die graue Gestalt, die in einer Ecke mit dem Rücken zu mir stand, ja mein Vater war. »Wie geht es Mr Lily?«, fragte ich ihn.

»Er hat immer noch hohes Fieber, aber ich glaube, alles in allem geht es ihm ganz ordentlich.«

»Ist jemand bei ihnen?«

»Meb ist dageblieben.«

Als meine Mutter an mir vorbeiging, strich sie mir liebevoll über die Schulter und seufzte dramatisch. »Zum Glück gibt es Meb. Das arme Mädchen. Wenn ich nur daran denke, dass sie da so ganz allein mit ihrem Vater …«

»Und was ist mit dem anderen?«, fragte ich. »Habt ihr ihn gefunden?«

Als wäre das sein Stichwort, wurde Bobby Thorne in diesem Moment klar, dass er vielleicht ein wenig zu lange geblieben war. Also stellte er den Teller mit den Kuchenkrümeln auf das Platzdeckchen vor sich, stützte sich mit beiden Händen auf den Knien ab und stand auf. »Ich glaube, ich kann jetzt gehen, Camas. Wenn du etwas Neues erfährst, ruf mich an. Ich werde es genauso halten. Vielen Dank für die angenehme Unterhaltung. Und natürlich für den köstlichen Heidelbeerkuchen, Mrs McPhee!«

Wir brachten ihn zur Tür und sahen ihm nach, während er sich in seinem Wagen mit aufgeblendeten Scheinwerfern entfernte.

»Ich schaue noch mal nach den Tieren, Doug …«, sagte mein Vater und er klang müde. »Nicht dass sie was Falsches fressen.«

Er ließ die Tür hinter sich ins Schloss fallen und ich setzte mich zu meinem Bruder und meiner Mutter an den Tisch und sie gaben mir eine knappe Zusammenfassung der Ereignisse der letzten Stunden. Locan war nach Hause gegangen, nachdem ihn ein Arzt aus Inverness untersucht hatte.

»Der hat Papa für sein Vorgehen sehr gelobt«, meinte unsere Mutter voller Stolz.

»Und dann hat er sich ein Zimmer genommen, weil er sich auf keinen Fall von Jules nach Hause fahren lassen wollte«, ergänzte mein Bruder hämisch grinsend.

»Und der Grüne Mann?«

Meine Mutter und Doug sahen einander an, dann übernahm mein Bruder das Reden: »Wir haben den ganzen Tag nach ihm gesucht, auch dort, wo du gesagt hast.«

»Und?«

»Nichts. Keine Spur, Finley. Also, ich meine … wirklich nicht die geringste Spur. Wir haben weder die Schafe gefunden noch die Höhle. Rein gar nichts.«

»Das kann nicht sein!«, rief ich. »Ich habe doch alles gesehen … mit meinen eigenen Augen!«

»Meb ist ja mitgekommen. Und sie konnte die Höhle auch nicht wiederfinden.«

Man braucht den Kompass dafür, dachte ich. *Und für den Kompass braucht man einen Mann.* Ich sah Doug an. »Und Aiby?«

»Der geht es gut.«

Ich gähnte schon wieder. Meine Mutter meinte, ich sähe blass aus, blass und irgendwie so steif. Ich aß schnell auf und verschwand dann wieder in meinem Zimmer, zu erledigt, um noch weiter über das Ganze nachzugrübeln. Schnell war ich wieder eingeschlafen und bekam gar nicht mit, dass kleine bunte Skarabäen über die Dielenbretter meines Zimmers das Haus verließen.

Und dann … schreckte ich plötzlich aus dem Schlaf hoch, überzeugt, dass es noch mitten in der Nacht sein musste. Die

Dunkelheit erschien mir wie ein schwarzes Dickicht aus Blättern und Wurzeln und ich war darin gefangen.

Ich atmete tief ein und stieß dann die Luft schwer aus. Es fühlte sich an, als würde ich einen Stein ausspucken.

Dusty sprang auf mein Bett und wedelte mit seinem Schwänzchen vor meiner Nase herum.

Ich packte ihn am Nacken und zerzauste mit den Fingern sein Fell und langsam wurde ich ruhiger. Dusty legte sich auf den Rücken und strampelte mit den Hinterbeinen glücklich durch die Luft.

Lichtstrahlen drangen durchs Fenster herein und tanzten über meinem Bett. Die Rufe von Blesshühnern und Möwen tönten klar und deutlich durch die frische Morgenluft. Ich spürte jeden Ton intensiv auf meiner Haut, genau wie das Strampeln von Dustys Pfötchen.

Ich seufzte und stand auf. Dusty rollte sich gemütlich auf der Bettdecke zusammen. Im Haus war noch alles ruhig.

Ich ging ins Bad und wusch mir dort gründlich die Hände. Das Wasser trübte sich, als ob sie sehr schmutzig gewesen wären. Sie wirkten auch dunkler als sonst. War ich inzwischen etwa so braun geworden?

Mit gesenktem Kopf wartete ich, bis das Wasser ein wenig warm wurde, legte die Finger zu einer hohlen Schale zusammen und trank daraus. Ich spürte, wie das warme Wasser mir die Kehle hinabrann und sich die Wärme in mir ausbreitete. Dann blickte ich in den Spiegel.

»Oh Mannomann!«

Erst war alles etwas verschwommen. Dann sah ich die tiefen Schatten unter meinen Augen, viel dunkler als sonst, und die verwuschelten Haare, die zu allen Seiten abstanden. Und da war noch etwas anderes. Ich fuhr mir mit einer Hand über Kinn und Wangen und spürte einige vereinzelte Härchen, die dort über Nacht gesprossen waren.

Und mit einem Mal, ich weiß nicht, wie lange ich schon vor dem Spiegel gestanden und mein Gesicht betrachtet hatte, bemerkte ich, dass ich nicht allein war: Da war noch jemand, dessen Abbild im Spiegel zu sehen war. Und ich wusste, wenn ich mich jetzt umdrehen würde, wäre die Gestalt verschwunden.

Verwirrt lächelte ich sie an. Und das Spiegelbild meiner Großmutter, der Mutter meines Vaters, die direkt hinter mir stand, lächelte zurück. Sie sah genauso aus, wie ich sie in Erinnerung hatte. Oma war kurz vor meinem siebten Geburtstag gestorben. Es überraschte mich nicht, sie zu sehen, ja, es erschreckte mich nicht einmal. Und ich wusste, dass das kein Traum war. Und auch, dass sie nicht wirklich tot war.

»Hallo«, sagte ich zu ihr.

Der Geist meiner Großmutter öffnete langsam die Lippen. Ihr Mund war voller Blumen.

»Adele Babele«, sagte sie. »Such nach Adele Babele …« Und sie klang genauso wie diese leise innere Stimme, die ich ab und zu in meinem Kopf hörte.

Warum sollte ich nach Adele Babele suchen?

Ich betrachtete das Regal über dem Waschbecken, auf dem Seife, Zahnbürste und Zahnpasta lagen und der Schlüssel zum *Alles für den neugierigen Urlauber*. Dann sah ich auf das Wasser, das sich unter meinen Fingern dunkel färbte und gurgelnd im Abfluss verschwand.

Das erinnerte mich an die Skarabäen.

Und wie durch ein Wunder begriff ich es.

Schnell zog ich mir meine Jeans an, lief ins Erdgeschoss und schrieb schnell eine Nachricht für meine Eltern: *Ich bin ganz früh zur Arbeit. Ihr findet mich am Strand.*

Ich schnappte mir meinen Rucksack mit den Bewertungsformularen für die Touristen und schob sie zur Seite, damit Dusty hineinspringen konnte. »Gehen wir!«

Als ich aufs Fahrrad stieg, knackten alle meine Gelenke: Ellenbogen, Knie, sogar die in den Zehen taten mir weh. Vielleicht hatte ich einfach zu lange geschlafen. Ich versuchte, einen klaren Kopf zu bekommen, und konzentrierte mich, dann ging es wieder.

Ich trat die Pedale meines roten Fahrrades durch und tauchte ein in die helle Morgensonne, über mir kreisten schrill kreischend die Möwen.

Ich war Finley McPhee.

Und ich fühlte mich seltsam. Sehr seltsam. Vielleicht lag es einfach daran, dass ich allmählich erwachsen wurde.

Neunzehntes Kapitel

Der Neugierige Urlauber
Die neugierige Urlauberin
Der Lauscher

Die weißen Häuser von Applecross, die sich entlang der Hügel zogen, hatte die Morgensonne golden eingefärbt. Die Wellen des Meeres rollten dicht an die Straße heran, und die Wiesen, die von der Küste sanft ins Hinterland anstiegen, waren mit Schafen bedeckt, die wie Wattetupfen auf grünem Hintergrund wirkten. Niemand war unterwegs, alle schliefen noch.

Als ich den Marktplatz des Dorfes erreicht hatte, stellte ich mein Fahrrad möglichst leise an der Hausmauer des *Alles für den Neugierigen Urlauber* ab und trat ans Schaufenster des Ladens. Ich bückte mich und sah nach, ob unter dem Tisch, an dem Mr Everett normalerweise seine Patiencen legte, Skarabäen waren. Keine da, wie ich vermutet hatte.

An diesem merkwürdigen Morgen, an dem ich mich in einer ziemlich seltsamen Stimmung zwischen hellwach und betäubt befand, war mir plötzlich ein Detail in den Sinn gekommen, dem ich bisher keine Beachtung geschenkt hatte: die bunten Insekten, die ich aus den Haaren dieser Frau, Adele Babele, hatte purzeln sehen. An dem Tag, an dem ich die sonderbare Spielkarte aufgehoben hatte, die Professor Everett heruntergefallen war, hatte es unter seinem Tisch von ihnen nur so gewimmelt. Und die waren ziemlich ungewöhnlich für unsere Gegend, hier gab es zwar Mistkäfer, aber die schillerten immer schwarz-grünlich, niemals … in solchen Farben. Und einen von ihnen hatte ich aus Versehen zertreten, als ich zusammen mit Aiby die Straßenkarte gekauft hatte.

Als ich in meinem Bad das Regal über dem Waschbecken betrachtet hatte, war mir etwas eingefallen, was der Professor gesagt hatte, als er mir den Schlüssel für seinen Laden gegeben hatte: Ich sollte bitte die neue Mieterin der Hinterhauswohnung nicht stören.

Und weil mir der Geist meiner Großmutter ausgerechnet an diesem Morgen geraten hatte, nach Adele Babele zu suchen … hatte ich eins und eins zusammengezählt. Was, wenn ausgerechnet sie die neue Mieterin von Professor Everett war? Konnte sie einen Grund haben, sich länger hier im Dorf aufzuhalten? Wie viele Tage sollte es noch mal dauern, bis die Schwindelichblumen fertig waren? Fünf?

Heute war der fünfte Tag.

Vielleicht hatte es sich Adele Babele ja überlegt und wollte in der Nähe bleiben, um dann wieder rechtzeitig im Zauberladen zu sein? Aber warum mietete sie dann die Hinterhofwohnung von Professor Everett, anstatt sich ein Zimmer im Gasthaus der McStays zu nehmen?

Das waren die Fragen, die mich an diesem Morgen hierhergetrieben hatten. Und ich war fest entschlossen, Antworten zu finden. Vor der Tür blieb ich stehen und hörte in der magischen Stille des frühen Morgens, wie mir mein Herz bis zum Hals klopfte.

Langsam drehte ich meinen Schlüssel im Schloss und stieß die Eingangstür vollkommen lautlos auf. Meine Sinne waren bis zum Zerreißen gespannt.

Ich blieb kurz auf der Schwelle stehen und meine innere Stimme sagte: *Warte.*

In Ordnung, Oma, antwortete ich und beschloss, zum ersten Mal auf sie zu hören. Ich blieb einige Momente still stehen, dann fiel mein Zögern wie ein Schauder von mir ab und ich trat ein.

Im Laden herrschte Stille. Ich tastete mich im Halbdunkel behutsam vor durch einen Wald von Duftbäumchen, die von der Decke herabbaumelten. Plötzlich vernahm ich eine energische Männerstimme. Sie klang etwas gedämpft, als ob derjenige, der gerade sprach, nicht im Laden stand, sondern draußen. Ich ging weiter bis zur Hinterhoftür. Von hier aus konnte ich das Gespräch klar und deutlich verfolgen.

»Es tut mir leid, dass Sie fortwollen …«, sagte diese Stimme, die mir unbekannt war. »Ich begann gerade, mich über unseren großen Schauspieler zu amüsieren.«

Darauf folgte ein glockenhelles Lachen. »Ach, mein lieber

Askell! Den kann ich Ihnen für immer überlassen, wenn er Ihnen so gefällt.«

Das war die sehr laute Stimme einer Frau, und zwar einer Frau, die ich kannte: Adele Babele.

Vorsichtig schob ich den Vorhang zur Seite, der das Fenster im oberen Teil der Tür verdeckte, und spähte hinaus. Was ich dort sah, verschlug mir den Atem. Das Gartentor war weit geöffnet. Ein junger Mann in Jogginganzug, Turnschuhen und einem Spiegelumhang über dem Arm unterhielt sich mit Adele Babele, die sich aus dem Seitenfenster einer Kutsche lehnte. Vor die Kutsche waren zwei Pferde mit einem Fell so schwarz wie die Hölle gespannt, auf dem Kutschbock saß eine Lumpenpuppe, die Knöpfe anstelle von Augen hatte. Und oben auf dem Dach war der Sternenkoffer festgebunden.

Der Mann im Jogginganzug gab dem Lumpenkutscher das Zeichen zum Aufbruch, und an Adele gewandt sagte er: »Um nichts auf der Welt, Madame! Bringen Sie diesen Teufel so weit wie möglich von hier weg …«

Adele Babele setzte sich im Kutscheninneren zurecht. »Ich hoffe doch, dass ich in Begleitung eines anderen teuren Freundes zurückkehren werde. Sie wissen, wen ich damit meine.«

»Vertrag ist Vertrag, Madame. Und ein Askell …«

»… hält sich niemals daran«, meinte die große Frau und lachte wieder.

Der Mann verbeugte sich leicht. »Vielleicht müssen sich die Zeiten wirklich ändern.«

»Meinen Sie, junger Mann? Und wie? Indem man im Morgengrauen laufen geht?«

»Das ist die Welt von heute, meine Teuerste. Man muss sich in Form halten.«

»Das sagen Sie, junger Askell, und dennoch wollen Sie den Lilys um jeden Preis diesen heruntergekommenen Laden abluchsen.«

»Vertrag ist Vertrag, haben wir gerade gesagt. Ich sollte einen Grünen Mann heraufbeschwören, den Sie unter … den Anderen auswählen würden. Und dann … das *Große Lexikon* für Sie. Und für mich der Laden mit allem, was darin zu finden ist. Was wir schließlich damit anstellen, ist unsere Privatangelegenheit, die den anderen nichts angeht.«

»Ganz recht.« Adele Babele klopfte kurz gegen die Kutsche und plötzlich kam Leben in den Lumpenkutscher. »Ich sollte besser los, damit ich meine Verabredung mit dem Buch nicht verpasse. Ach … und selbstverständlich bleibt diese Unterredung unter uns, nicht wahr?«

»Zweifeln Sie etwa an mir?«

»Ich habe keine Zweifel, dass ich zweifeln sollte. Aber warum, weiß ich nicht so genau. Sie sind unberechenbar, Semueld. Fast noch unberechenbarer als der Grüne Mann, den zu rufen Sie mich überredet haben.«

»Ich habe Sie nicht überredet. Sie haben ihn ausgewählt … unter den Anderen. Wenn dieser Falschspieler und Betrüger, dem wir vertraut haben, doch bloß sofort Locan Lily herausgefordert hätte, Madame, statt dieser verrückten alten Cumai, und nicht seine Zeit damit vergeudet hätte, den armen Leuten hier einen Schrecken einzujagen, dann hätten wir uns eine ganze Woche gespart.«

»Das stimmt. Aber es war sehr lehrreich. Und außerdem … hat ja nur ein kleiner Wink genügt, ihn wieder auf den rechten Weg zu bringen.«

»Ein kleiner Wink und die eine oder andere gute Flasche, wenn ich Sie daran erinnern darf. Wie auch immer, das Eingreifen dieses McBlack hat die Partie unterbrochen …«

»Auf jeden Fall ist es Zeit zum Aufbruch«, sagte Adele Babele. »In genau fünfzehn Minuten schaffen meine Regenbogen-Skarabäen das *Große Lexikon* der Lilys auf ihren Rücken zu mir vor den Zauberladen. Und dann wird meine Büchersammlung endlich komplett sein. Trösten Sie sich, Askell: Ohne das *GLOM* werden die Lilys trotzdem gezwungen sein, den Zauberladen zu schließen. Und Sie können dann endlich mit deren kleinem Geschäft machen, was Sie wollen …«

»Und dann muss ich mich bei Ihnen erneut erkenntlich zeigen.«

Die Kutsche fuhr los.

»Daher sollten Sie nichts überstürzen, Mr Askell«, sagte die Frau, die sich dafür extra noch einmal samt ihrer riesigen schwarzen Hochsteckfrisur aus dem Fenster lehnte, wobei wieder ein paar von diesen Insekten aus ihrem Haar fielen, »denn nach der gestrigen Unterbrechung fürchte ich, dass unser Green Jack auch heute Abend noch einmal spielen möchte. Und wenn Sie zu lange in diesem Ort bleiben, besteht die Gefahr, dass er Ihre Magische Seele aufspürt.«

»Die Anderen wären darüber nicht sehr erfreut«, sagte Semueld Askell.

»Es tut mir leid, wenn ich Sie enttäuschen muss, aber die

Anderen sind niemals erfreut über unser Tun. Weder über das von Ihnen noch das von mir. Vergessen Sie das nicht!«

Semueld Askell blieb so lange mit zum Gruß erhobenem Arm stehen, bis die Kutsche verschwunden war, dann wandte er sich der Tür zu, hinter der ich mich versteckt hatte. Jetzt konnte ich ihn von vorn sehen: Er hatte ein scharf geschnittenes Gesicht, aus dem die lange Nase hervorstach wie eine Galionsfigur. Und eiskalte Augen.

»Hast du alles gehört?«, fragte er mich.

Sternenkoffer

Bekannt auch unter der Bezeichnung „Bündel der Umherwandernden“, ist der Koffer selbst eine Landkarte. Sein Innenfutter ist von winzigen Perlen übersät, die den Sternenhimmel nachbilden. Diese Perlen können anders angeordnet werden, um so die Sternenkonstellationen zu verändern. Auf diese Weise wird der Reisende genau an den Ort geführt, wo er, wenn er zum Himmel aufschaut, eben dieses Abbild der Sterne sieht.

Zwanzigstes Kapitel

Zögern
Flucht
Flug

Und ich hatte alles, aber auch wirklich alles mitgehört. Denn ich war wie angenagelt dort stehen geblieben, um das Gespräch bis zum letzten Satz mitzuverfolgen, obwohl ich mich eigentlich schon längst auf mein Fahrrad hätte schwingen sollen, um Aiby zu warnen, dass Adele Babele das Ganze geplant hatte, um ihr das *Große Lexikon der Objekte mit Magie* zu stehlen.

Aber meine Neugier hatte mich hier festgehalten. Und nun trieb sie mich sogar so weit, die Tür zu öffnen und Semueld Askell gegenüberzutreten.

»Wer sind die *Anderen*?«, fragte ich ihn.

Er zuckte mit den Schultern. »Eben die *Anderen*: die hinübergehen können …«

»Also Psychopompe«, unterbrach ich ihn.

Sein Lächeln gefror ihm auf den Lippen, um sich gleich darauf in ein sattes Gelächter zu verwandeln. »Ich fass es nicht. Sie bringen dir tatsächlich etwas bei?« Askell kam einen Schritt näher. Er war groß und hager, hatte langgliedrige, gepflegte Hände. Auf seiner Brust prangte ein Wappen mit den Buchstaben »i« und »u«.

»Was willst du?«, fragte ich ihn.

Von fern hörte ich das Wiehern eines Pferdes. Und ich spürte, dass ich wirklich dringend weg und den Zauberladen verteidigen musste.

Askell schien meine Gedanken zu erahnen. »Worauf wartest du noch? Das *GLOM* ist in Gefahr und du tust nichts dagegen?«

»Lass Aiby in Ruhe!«, sagte ich.

»Sonst ...?«

»Sonst schick ich dich direkt in die andere Welt.«

Er kam mit einer erschreckenden Langsamkeit auf mich zu, ein eingefrorenes Lächeln auf den Lippen. Dusty fing so laut und wütend an zu bellen, dass er damit das ganze Dorf hätte wecken können.

»Nimm dich in Acht, McPhee ...«, sagte Semueld Askell ganz langsam und sprach meinen Namen mit einem »P« aus. »Es ist nicht immer von Vorteil, Beschützer des Zauberladens zu sein ...«

Er kam mir immer näher und dann berührten seine Finger meine Schläfe. Doch plötzlich kam es mir so vor, als würden sich seine eiskalten Augen verengen und etwas würde ihn zögern lassen.

Und mit einem Mal konnte ich mich wieder bewegen. Ich versetzte Askell einen Stoß, sodass er nach hinten fiel, sprang über ihn hinweg und rannte über den Hof zurück auf die Straße.

Askell stand seelenruhig wieder auf, steckte die Hände unter seinen Spiegelumhang, zog das Warnschild von den Hochspannungsmasten darunter hervor und schleuderte es mir hinterher.

»VORSICHT! LEBENSGEFAHR!«, flüsterte er drohend, während das Blechschild rotierend wie ein Wurfmesser auf mich zugeflogen kam.

»Dusty!«, rief ich und rannte, so schnell ich konnte, die Straße entlang. Fieberhaft überlegte ich, wo ich mein Fahrrad abgestellt hatte, während ich das Sirren des rotierenden Schildes hörte, das mit einer irren Geschwindigkeit hinter mir hergesaust kam, und ich ahnte, dass es mich verfolgen würde, ganz egal, wohin ich ging, weil ich es vorher berührt hatte. Und damit sollte ich recht behalten.

Endlich erreichte ich mein Fahrrad, sprang auf und Dusty hupfte hastig in den Rucksack. Stehend trat ich so kräftig in die Pedale, wie ich konnte. Das Vorderrad hob ab, das Fahrrad machte einen Satz nach vorn und ich schoss auf die Straße zum Meer zu.

Ich wagte einen schnellen Blick nach hinten. Das fliegende Schild war immer noch hinter mir, sirrend flog es etwa zwanzig Zentimeter über dem Boden. Mit einem Affenzahn fuhr ich auf der Küstenstraße in Richtung Mühle und Reginald Bay, wobei mir durch den Kopf ging, dass ich unbedingt früher als Adele Babele ankommen und Aiby vorwarnen musste. Ich trat wie der Teufel in die Pedale, obwohl ich mich immer noch oder immer mehr steif wie ein Brett fühlte und mir meine Bewegungen irgendwie hölzern vorkamen, wohl weil die Milchsäure meine Beinmuskeln schon verhärtete. Dennoch strampelte ich weiter, mit aller Kraft.

Und strampelte.

Strampelte.

Und immer weiter, ich biss vor Anstrengung die Zähne zusammen. Ich umklammerte den Lenker so fest, dass ich ihn beinahe zerbrochen hätte, und schaltete krachend. Die Steigung ließ ich schnell hinter mir, fuhr aus dem Dorf, erste Kurve, zweite Kurve, vorbei an der Mühle der alten Cumai, husch, weg war der Bach, an dem ich so gern angeln ging, ich quälte mich immer weiter, die Küstenstraße hinauf oberhalb der Buchten und Strände, die ich zu bewerten hatte, und all die Zeit dachte ich über das nach, was ich gehört hatte, über diesen Pakt, um die Lilys zu vernichten, dass man deswegen Green Jack heraufbeschworen hatte, der die Magische Seele der Leute suchte und sie zu einer Partie Karten herausforderte. Hatte er auch mit der alten Cumai gespielt? Hatte Askell deshalb gesagt, er hätte Zeit verschwendet?

Jetzt stand ich auf, um den höchsten Punkt der Steigung zu schaffen, von dort würde ich mit Schwung bis hinunter in die Reginald Bay sausen. Endlich hatte ich ihn dank der Kraft meiner Beine überwunden und rollte auf der anderen Seite herunter.

Nun nahm ich ordentlich Fahrt auf. Die erste Kurve lag

hundert Meter vor mir, ich konnte sie schon dort unten erkennen. Der Wind schlug mir ins Gesicht, ich sah das Meer vor mir glitzern und dann in wahnwitziger Geschwindigkeit links von mir vorbeigleiten. Ich hatte die aufeinanderfolgenden Strände dort unten vor Augen, den mit den Kieseln, die kleine Bucht und den mit dem großen Algenhaufen …

Ich wagte einen Blick nach hinten und sah, dass das Schild die Kraft verlassen hatte und mich nicht mehr verfolgte. Daraufhin entspannte ich mich etwas, aber nur einen Augenblick lang, weil ich nun anfing zu überlegen, wie ich Aiby beibringen sollte, dass ich die bunten Skarabäen, die aus Adeles Haaren gefallen und sich zwischen den Dielen des Zauberladens verkrochen hatten, eigentlich sofort bemerkt hatte, aber nichts gesagt hatte, als wäre das das Normalste auf der Welt …

Und dann wurde mir plötzlich klar, dass ich mit einem Affenzahn unterwegs war, dass ich wieder einmal vergessen hatte zu bremsen, und ich sah die Kurve immer näher kommen, noch näher und …

… ich hörte Musik von Abba. Durch die frische Morgenluft hallten die unverwechselbaren Klänge von *You Can Dance* und gleich darauf schoss der rote Kastenwagen von Jules donnernd um die Kurve.

Na klar. Das hatte ich von Anfang an gewusst. Ich hatte von dem Moment an, als ich den Kastenwagen zum ersten Mal gesehen hatte, gewusst, dass Jules früher oder später jemanden über den Haufen fahren würde. Nur hatte ich nicht vorhergesehen, dass ich das sein würde.

Jules bremste nicht mal. Oder vielleicht doch, aber es ging alles viel zu schnell. Er wich gerade so weit aus, dass er mich nicht frontal erwischte. Mein Fahrrad wurde zusammengefaltet wie Butterbrotpapier und Dusty und ich flogen buchstäblich wie zwei Geschosse durch die Luft.

Das war das zweite Mal innerhalb weniger Tage, dass ich ins Leere fiel. Mir ging dabei durch den Kopf, wie viel Angst ich gehabt hatte, als ich mit Locan von den Bergen des Shangri-La gestürzt war, und dass mir dieser Sturz wie eine Ewigkeit vorgekommen war.

Der Unfall mit Jules dauerte längst nicht so lange. Es stimmt nicht, dass man im Sterben das ganze Leben wie einen Film an sich vorüberziehen sieht. Oder vielleicht doch, aber dann war mein Film eigentlich nur ein ziemlich mieser Kurzfilm. Auf jeden Fall fiel ich einen Moment, nachdem ich aus dem Sattel geschleudert worden war, auf eben den Strand, an den ich kurz zuvor gedacht und überlegt hatte, wie schön es doch wäre, in den großen Algenhaufen zu plumpsen. Nur dass Dusty nun in den Algen landete und wie ein Plüschtier hochgeschleudert wurde.

Ich dagegen prallte auf die Felsen.

Und starb.

Einundzwanzigstes Kapitel

Gross Unbeweglich Grün

»Finley? Finley, kannst du mich hören?«

Das war Aiby. Na klar konnte ich sie hören, sehr gut sogar. Nur dass ich nicht begriff, von wo sie mich rief, denn ich konnte nichts sehen. Da war nichts.

Alles um mich herum war dunkel. Ein leichter Wind war aufgekommen, das bemerkte ich, weil er mir leise raunend über die Haut strich.

Was nahm ich noch wahr außer der Dunkelheit und Aibys Stimme?

Meine Gedanken.

Was ist denn passiert?, fragte ich mich.

Warum war da nur Dunkelheit um mich herum und Aibys Stimme?

Ich war früh am Morgen aufgewacht, ins Bad gegangen und hatte mich im Spiegel betrachtet. *Der Bart, Finley. Weißt du noch, dass du geglaubt hast, du hast deine ersten Bartstoppeln im Gesicht?*, erinnerte mich meine innere Stimme.

Ja, das weiß ich noch, Oma.

Genau, meinte meine Oma. *Das waren keine Bartstoppeln.*

Na toll, dachte ich, immer noch eingehüllt in die Dunkelheit. Nur eins ist schlimmer als eine innere Stimme, die dir sagt, was du tun sollst. Eine, die dir Rätsel stellt.

Ich kann nicht mehr lange bei dir sein, Finley, sagte mir die Stimme. *Bald muss ich wirklich gehen.*

Wohin?

Da drüben gibt es viele merkwürdige Dinge.

Sicher, Oma. Dann also bis gleich …

Sag so was nicht, nicht mal im Spaß, meinte die Stimme. *Jetzt wach endlich auf!*

Und ich öffnete prompt die Augen. *Heh*, wollte ich jetzt eigentlich protestieren. Musste ich jedes Mal, wenn mir jemand etwas befahl, das sofort befolgen? Durfte ich nicht auch einmal selbst entscheiden, was ich tun und lassen sollte?

Diesmal nicht, sagte meine innere Stimme. Und dann verschwand sie aus meinem Kopf.

»Finley? Bitte … kannst du mich hören?«

Na sicher konnte ich sie hören.

Und endlich konnte ich Aiby auch sehen.

Sie stand unter mir. Ich sah von oben auf sie herab, als wäre ich unverhältnismäßig gewachsen oder sie geschrumpft. Aber auf mich wirkte sie nicht kleiner als vorher. Sie war die gleiche Aiby wie sonst, groß und dünn, die immer mit den Händen in der Luft herumfuchtelte, wenn sie etwas erklären sollte.

Wir waren am Strand.

Ich wusste auch, auf welchem: Das war Strand Nummer acht, der mit dem Algenhaufen, der …

»Kannst du mich sehen?«

»Na klar sehe ich dich«, antwortete ich ihr. »Was machst du denn da unten?«

»Wie fühlst du dich?«

Wie ich mich fühlte? Das wusste ich noch nicht so recht. Ich hatte ja gerade erst die Augen geöffnet … »Mir tut alles weh«, sagte ich. »Sehr weh.« Als ich versuchte, mich zu bewegen, knackte es laut.

Sie nickte ernst. »Beweg dich lieber nicht, wenn es geht. Das wäre, glaube ich, besser.«

»Das glaube ich auch … Ich muss einen Unfall gehabt haben.«

Unter mir bewegte sich etwas, und ich merkte, dass wir zwei nicht allein am Strand waren. Ich erkannte Mr Lily, der bleich wie ein Gespenst und mit bandagiertem Arm vorwärtslief, Meb, die ihn stützte, und hinter ihnen meinen Bruder. Ich begriff aber trotzdem nicht, was sie da taten und warum alle so weit entfernt waren.

»Aiby …« Ich brachte nur ein Knarzen heraus. »Was ist hier los?«

Sie umarmte mich und das fühlte sich wirklich seltsam an. Ganz anders als die anderen Male. Als würde sie gar nicht mich umarmen: Ich spürte ihren Körper nicht an meinem. Es war ein merkwürdig fremdes Gefühl, das meine Füße zum Kribbeln brachte.

»Gar nichts ist los, Finley. Es ist alles in Ordnung.«

»Das Buch!«, rief ich plötzlich. »Adele Babele hat winzige Käferdiebe im Laden versteckt und …«

Sie drückte mich noch fester. »Ja, ja, Finley. Wir haben es entdeckt!«

»Wie habt ihr das denn geschafft?«

»Das war Jules. Nachdem er dich angefahren hat, ist er blitzschnell zurück zum Laden gefahren … im gleichen Moment, als Adeles Kutsche die Brandöde erreichte. Er hat wie verrückt auf die Hupe gedrückt und Meb und ich … sind herausgelaufen!«

»Habt ihr das Buch wieder?«

»Ja! Es ist gerettet und liegt im Zauberladen. Mach dir keine Sorgen darum.«

»Aiby«, fing ich wieder an. »Ich bin Semueld Askell begegnet und …« Ich musste eine Pause machen, mir fiel es schwer, gleichzeitig zu reden und zu atmen, als wäre meine Lunge voller Moos.

»Vergiss Askell. Es ist alles in Ordnung, Finley«, versicherte mir Aiby. »Und jetzt, wo du wach geworden bist, werden wir alles in Ordnung bringen, du wirst schon sehen. Ganz bestimmt. Vertrau mir.«

Ich weiß nicht warum, aber ich glaubte ihr nicht. Ihre Stimme wirkte so künstlich auf mich, irgendwie abgehackt, als spräche sie zu einem Kind. Vielleicht hatte sie noch nicht bemerkt, dass mir jetzt ein Bart wuchs, dass ich groß und erwachsen wurde. Nein, dass ich wirklich … groß geworden war?

Als ich die anderen dort auf dem Strand betrachtete, fiel mir auf, dass sie mich so merkwürdig ansahen.

»Warum weint Meb denn?«

Aiby wandte sich Meb zu, die neben ihrem Vater stand. Statt mir zu antworten, atmete sie tief durch und sagte: »Hör mir jetzt genau zu, Finley. Du weißt schon, dass du einen schlimmen Unfall hattest, oder?«

»Sicher. Ach übrigens …« Ein Gedanke schoss mir durch den Kopf. »Wie geht es Dusty?«

Mein unzertrennlicher Kumpel lief dort tief unter mir um Aiby herum. Aber auch er schien mir furchtbar weit weg zu sein.

»Was ist mit dem Fahrrad?«

»Das reparieren wir schon«, man merkte ihr an, dass sie über etwas anderes mit mir sprechen wollte, aber sie zögerte.

»Kannst du mir vielleicht endlich mal erklären, warum hier alle so ein Gesicht ziehen? Was mich angeht, ich hatte ja schon angenommen, ich wäre tot. Also bin ich ausgesprochen … froh.«

Sie lächelte. »Also gut. Weißt du … Der Unfall, den du hattest, hätte jeden umgebracht.«

»Du unterschätzt mich eben, Aiby.«

»Wirklich?« Sie schaute mich mit gerunzelter Stirn an. »Dann frage ich dich jetzt noch einmal: Hast du die Beschreibung des Kompasses von Sherwood wirklich gelesen?«

Mein Magen verkrampfte sich. »Ja klar. Und weiter?«

»Und hast du alles verstanden?«

Ich zögerte.

»Auch die Stelle, wo es heißt, dass man sehr vorsichtig mit der Spitze der Wetterfahne sein muss … und sich AUF KEINEN FALL an ihr stechen oder schneiden darf?«

Da musste ich nicht lange überlegen. »Ähm, nein?«

Aiby atmete noch einmal lang und tief ein. »Nein. Also gut: Damit sie funktionieren kann, ist die Spitze in den Lebenssaft des Waldes getaucht worden. Aus diesem Grund kann sie all diese seltsamen … Erscheinungen wahrnehmen.«

»Red weiter …«, murmelte ich. In diesem Moment hatte ich wieder die lange rote Linie der Blutvergiftung vor Augen.

»Wenn du dich an dieser Spitze geschnitten hast, hat sich der Lebenssaft des Waldes sozusagen … mit deinem vermischt.«

»Vermischt?«

»Und jetzt bist du der Grüne Mann.«

»Ich? Wie meinst du das?«

Und nun fiel mir ein, wie schlecht ich mich jedes Mal gefühlt hatte, wenn ich den Kompass von Sherwood benutzt hatte, wie erschöpft ich die letzten Tage und wie heiß mir gewesen war, dass meine Glieder steif geworden waren und meine Hände schmutzig und grünlich und so rau …

Ich versuchte, mich anzusehen, und stellte fest, dass das nicht ging. Ich konnte mich nicht bewegen und auch nur das sehen, was direkt vor mir war.

»Um ehrlich zu sein, Finley …«, sagte Aiby ganz leise. »Der Lebenssaft des Waldes hat dir das Leben gerettet. Aber du bist jetzt ein Baum.«

Zweiundzwanzigstes Kapitel

Lächeln
Rascheln
Träumen

Ich brauchte eine Ewigkeit, bis ich so weit war, ihr antworten zu können.

»Und was soll ich jetzt machen?«

Ich wedelte ein wenig mit den Zweigen. Aiby lachte.

»Großartig. Das ist wie mit den Fingern wackeln. Nur, dass sie jetzt etwas weiter weg sind.« Ich sah sie an. »Gibt es irgendeine Möglichkeit, das Ganze rückgängig zu machen und in meine alte Gestalt zurückzukehren? Dass ich einfach wieder Finley werde? Am besten, bevor meine Eltern was merken … Ich fürchte, meine Mutter regt sich darüber noch mehr auf als über die Tatsache, dass ich sitzen geblieben bin.«

Aiby kaute nachdenklich auf ihrer Unterlippe herum, dann winkte sie den anderen, sie sollten herkommen.

»Hey, Doug«, begrüßte ich meinen Bruder. »Hast du schon ein Foto von mir gemacht?«

»Darauf kannst du Gift nehmen.«

»Und wie seh ich aus?«

»Supertoll.«

Ich schaute zu Aibys Vater. »Mr Lily. Schön, Sie zu sehen. Wie lautet der Plan?«

Er sah Aiby an und die antwortete stockend. »Also … hm … wir glauben … dass sich der Prozess, der dich in einen Grünen Mann verwandelt, durch den Unfall beschleunigt hat … Das Adrenalin in deinem Körper hat wohl mit dem Lebenssaft der Wälder in deinem Blut reagiert – und …«

»Hör mal, Aiby …«, unterbrach ich sie. »Ich bin sicher, dass deine Erklärung bestimmt ganz schlüssig ist, aber ich weiß ehrlich nicht, ob ich das alles jetzt so genau wissen will. Ich fühle mich auch so schon ziemlich eingeschränkt.«

»Und der Prozess setzt sich immer weiter fort …«, fügte Mr Lily schwer atmend hinzu. Ich sah, dass er sich auf Meb stützte, um sich auf den Beinen zu halten. »Es ist durchaus möglich, dass du bald nicht mehr mit uns reden und uns nicht mehr sehen kannst.«

»Na toll«, meinte ich.

Meb schluchzte laut.

»Kann mir wenigstens mal einer verraten … was für ein Baum ich bin?«

»Du siehst aus wie eine Eiche«, erwiderte Meb. »Allerdings ist dein Stamm ganz weiß.«

»Wow. Nicht schlecht, oder?«

Aiby legte mir eine Hand auf die Wurzeln. »Wir können nur eins versuchen, um den Prozess zu stoppen und eventuell rückgängig zu machen. Wir müssen dir mit einer Goldspritze unseren gesamten Vorrat an Traumwasser injizieren.«

»Und was ist das?«

»Das erhält man, wenn man Kristalle auspresst … eine sehr seltene und extrem kostbare Substanz, sehr reinigend … Und die … na ja … könnte die Wirkung des Lebenssaftes aufheben und dich wieder zurückverwandeln. Wenn du willst.«

Mein Blick ging langsam von einem zum anderen und ich betrachtete sie alle genau. Sie wirkten sehr besorgt. »Und warum sagst du *es könnte*?«

»Das Traumwasser ist eine höchst heikle Substanz«, meinte nun Mr Lily. »Es wirkt im Unterbewusstsein, eben durch Träume, und erzielt Wunderheilungen, so wie es sonst nur in Träumen geschieht. Aber das heißt gleichzeitig, wenn man etwas Falsches träumt, wird es keinerlei Wirkung haben.«

»Kurz gesagt …«, brachte ich es auf den Punkt, »es liegt an mir, ob ich gesund werden will?«

Aiby stellte sich vor ihren Vater, damit ich sie besser sehen konnte. »Um zurückzukehren, muss man zurückkehren wollen. Das ist alles. Du musst an etwas denken, das dir wichtig ist. An einen bestimmten Moment in deinem Leben, daran, wie sich dein Körper dabei angefühlt hat. Du musst ihn dir genau vorstellen. Und dieses Erlebnis muss vor dem Zeitpunkt liegen, an dem du dich mit der Kompassspitze verletzt hast. Du musst von diesem Moment träumen, dann hilft dir das Traumwasser zurückzukehren.«

»In Ordnung«, sagte ich. »Hört sich ziemlich leicht an.«

»Aber das ist es nicht. Keiner von uns kann die eigenen Träume kontrollieren.«

»Ach was, kein Problem. Los, dann lasst es uns tun.«

»Sicher?«

»Habe ich eine Wahl?«, fragte ich.

Mr Lily wandte sich an Meb, die eine riesige, ausgesprochen bedrohlich wirkende Pferdespritze aus ihrem Rucksack zog.

»Wartet mal!«, rief ich schrill. »Vielleicht überlege ich es mir doch noch mal anders!«

»Finley!«, schimpfte Doug.

»Ich habe Spritzen schon immer gehasst. Das weißt du ganz genau.«

»Aber du bist ein Baum!«

»Na und? Dich möchte ich sehen, auch wenn du ein Baum wärst … bei so einer Riesenspritze!«

Vom Horizont erhob sich eine leichte Brise, die mir durch die Zweige fuhr.

»Schon gut, schon gut, ich hab bloß Spaß gemacht«, seufzte ich. »Dann mal los mit der Spritze, Meb!«

Meb ging um meinen Stamm herum und jagte mir das Traumwasser knapp oberhalb der Wurzeln hinein. Ich spürte ein leichtes Kribbeln, so etwa, als würde mich ein Schmetterling mit seinem Rüssel abtasten, mehr nicht.

»Hey, du hast gar nicht mit dem Wattebausch darübergerubbelt«, meinte ich. »Du weißt doch, wenn die Flüssigkeit nicht gut verteilt wird …«

Sie lachte, dann sah sie mich verlegen an. Sanft fuhr sie mir mit dem Finger über die Rinde und sagte: »Mach keinen Unsinn, ja, Finley?«

»Und jetzt?«, fragte ich.

»Jetzt wird es gleich dunkel«, sagte Aibys Vater mit matter Stimme. Mir wurde erst in dem Moment klar, dass es nicht mehr früh am Morgen, sondern schon wieder Abend war. Und ich dachte: *Wer wird es Mama und Papa sagen?*

Mr Lily erklärte währenddessen weiter: »Wir lassen dich nun allein, weil das Traumwasser nur wirkt, wenn man allein ist. Denn träumen kann man nur ganz allein. Wir gehen jetzt und kommen morgen früh wieder. Und dann wird alles gut.«

Doug beruhigte mich. »Und mach dir keine Sorgen wegen Mama und Papa. Ich werde mir schon eine Ausrede einfallen lassen.«

Er trat etwas zurück und half dann Meb, Mr Lily ins Auto zu verfrachten.

Aiby blieb noch etwas am Strand sitzen, während die Wellen hinter ihr langsam ans Ufer klatschten. Eine ganze Zeit lang sagte sie gar nichts, dann stand sie auf, umarmte mich und legte ihr Gesicht an meine weiße Rinde. Das kitzelte.

Ich hätte ihr gern einen von diesen tollen Sprüchen gesagt, die weit gereiste Menschen oder Philosophen so von sich geben, doch mir fiel nichts ein. Daher schwieg ich fast bis Sonnenuntergang. Ich spürte das Licht wie einen warmen Regen.

»Ich bin fest überzeugt, dass du das schaffst, Finley«, sagte Aiby und löste sich aus der Umarmung.

»Du überschätzt mich öfter«, erinnerte ich sie.

»Nein«, antwortete meine liebste Freundin. »Das habe ich

noch nie getan«, sagte sie dann, legte ihre Lippen an meine Rinde und küsste mich.

Der Letzte, der sich an dem Abend von mir verabschiedete, war Doug, mein großer Bruder. Natürlich mit Dusty.

»Lass dir nicht zu lange Zeit, okay?«, sagte er und gab sich cool. Dann boxte er gegen meinen Stamm. »Wenn ich sonst immer sage, dass ich dich zusammenschlage, dann meine ich natürlich nicht, dass ich Kleinholz aus dir machen will.«

Das war echt witzig. Super, Doug.

Ich neigte meine größeren Zweige raschelnd nach unten und entdeckte, dass Bäume so lachten. »Nur keine Sorge. Morgen früh bin ich wieder ganz die alte Giftschlange.«

»Das habe ich mir auch schon gedacht …«, erwiderte er. »Ich lass dir noch ein paar Sachen zum Anziehen da, okay? Deine alten Klamotten sind alle kaputt.«

Er legte eine Hose an den Strand, und zwar so, dass ich sie sehen konnte, und beschwerte sie noch mit ein paar Steinen, damit sie nicht wegflog. »Ich habe die Jeans genommen, die du so magst, erinnerst du dich?«

Ehrlich gesagt nein, aber er hatte sich immerhin bemüht, mir einen Gefallen zu tun. »Klar doch, danke, Doug.«

Und dann legte er sein Rugbytrikot darauf. In dem er normalerweise spielte. Ja wirklich. *Sein Trikot*!

»Und auf das hier«, sagte er mit etwas brüchiger Stimme, »musst du echt aufpassen.«

Bäume können zwar nicht weinen, aber sie können die Farbe ihres Stammes ändern, sie werden dann ein bisschen dunkler. Und sie können mit den Blättern der kleineren Zweige rascheln. Und das machte ich so lange, bis mein Bruder ging. Dusty jaulte leise auf, rieb seine Schnauze an mir und verabschiedete sich, indem er an meinem Stamm sein Beinchen hob und ein bisschen Pipi zwischen meinen Wurzeln hinterließ.

Dann wurde es Nacht.

Und ich war allein, so allein wie noch nie in meinem ganzen Leben.

Ich sah auf das Meer und die Wellen, die nachts im Mondlicht glänzten.

Meine ganze Außenseite kribbelte, als ob ich Feuchtigkeit abgeben würde. Plötzlich wurde ich müde, und ich begriff, dass ich allmählich in den Traum glitt.

Ich sollte an mich selbst denken und an etwas, so hatte es mir Aiby eingeschärft, das es wert war, zurückzukehren und wieder Finley zu sein.

Oh, es gab eine Million Dinge, an die ich denken konnte. Ich wollte wieder der Finley sein, der mit Dusty angeln ging, oder der Finley auf dem Hof, der mit seinen Eltern zu Mittag aß. Der Finley, der seinem Bruder beim Rugby zusah und ihm die ganze Partie über stolz zujubelte und sich überlegte, ob er sich jemals trauen würde, ihm davon zu erzählen.

Ich wollte der Finley sein, der den Wanderriesen besiegt hatte, um den Zauberladen zu verteidigen, oder der, der Aiby auf der Klippe umarmt hatte. Ich dachte daran, wie lebendig ich mich in dem Moment mit jedem einzelnen Muskel meines Körpers gefühlt hatte. Und ich erinnerte mich daran, dass Aiby gesagt hatte: »Finley … also bitte … Hörst du endlich auf, so viel dummes Zeug zu erzählen?

Meine Gedanken schwirrten in mir herum wie ein Schwarm Insekten. Ich fühlte jedoch, wie langsam und schwerfällig sie sich eigentlich bewegten, und ich begriff, dass Bäume eben eine ganz andere Art zu denken hatten, viel ruhiger und besonnener: Sie schoben Gedanken hin und her, als wären es fassbare Dinge. Die wichtigsten Gedanken sanken nach unten zu den Wurzeln und suchten dort nach Nahrung. Die anderen wanderten nach oben in die Zweige, um dort zu keimen und zu wachsen. Die flüchtigsten Gedanken verflogen im Wind. Aber sie mischten sich nicht: Jeder Gedanke blieb einzigartig und unzerteilbar, wie ein Samen.

Finley, du denkst an zu viele Dinge auf einmal, sagte ich mir. Und das stimmte, das war bei mir schon immer so gewesen.

Das hatte mir auch die Rektorin Rozencratz gesagt. Als ich an sie dachte, kamen mir auch meine Schule in den Sinn, meine Klassenkameraden, das Büchlein mit den schmutzigen Wörtern von Sammy, und bei Sammy musste ich an unseren letzten Streit vor dem Pub denken und an die nächtlichen Streifen, um den Grünen Mann zu jagen. Der jetzt ich war. Wenn das Sammy wüsste …

Und ich dachte an Askell. Was ich hätte tun können, wenn er in jener Nacht da gewesen wäre, ohne dass mich jemand hätte beschützen können.

Ich dachte an das Traumwasser, das durch meine Adern floss, und entdeckte, dass ich vielleicht schon träumte, einen von diesen Klarträumen, in denen man kontrollieren kann, was geschieht, oder zumindest alles mitbekommt.

Ich dachte an meine Wurzeln, daran, dass sie mich hinderten, von hier fortzukommen, und dass ich nicht immer hier an diesem Ort bleiben wollte. Zumindest hatte ich das immer geglaubt, denn auf einmal machte sich in meinem Kopf genau der gegenteilige Gedanke breit: Dass ich nämlich dann, wenn ich an einem Ort blieb, über viel mehr nachdenken könnte. Und wie schön es doch wäre, Zeit zum Nachdenken zu haben. Und ich fragte mich, was es wohl ändern würde, wenn ich beschloss, für immer ein Baum zu bleiben.

Ich wäre gezwungen, immer nur einen Ausblick zu haben und immer nur daran denken zu können. *Wenn du ein Baum bist*, sagte ich mir, *ist eins wunderbar: dass du nur einen einzigen Fixpunkt hast.*

Und dieser Fixpunkt bist du selbst.

Ich.

Ich.

Finley McPhee.

Mit einem F, ganz genau.

Ich lachte im Traum. Und dachte, dass Finley McPhee immer ein netter Chaot, ein Faulpelz und ein Aufschneider gewesen war. Und eigentlich auch nichts von alledem.

Finley, das war jemand, der lieber angeln ging als zur Schule und der wahrscheinlich niemals lernen würde, Zauberisch zu lesen und zu schreiben. Aber auch er hatte tief in seinem Inneren einen Fixpunkt.

Es verging viel Zeit, ehe ich sie sah, die vielen kleinen Finleys, zwei, drei, vier … sieben Finleys, die alle gleich waren und doch alle verschieden. Und ich sah mich so klar, wie ich mich noch nie zuvor gesehen hatte. Das also war ich. Ich lächelte und raschelte mit den Blättern der dicksten Äste. Als Baum machte man das so: Weinen und Lachen konnten dasselbe sein.

Ich wandte den Blick der schmeichelnden Wärme der Sonne zu. Und als ich erwachte, war es Morgen.

HOUSER & GRIMES

TRAUMWASSER

IMPORTERS AND EXPORTERS

Traumwasser wird durch das Auspressen von Kristallen von metamorphischem Gestein gewonnen, die man auf einigen Gipfeln des Himalaya findet. Die Mönche, die sie auspressen, verwenden sie zu Meditationszwecken: Bei täglicher Anwendung in kleinsten Dosen kann man zum Wahren Ich gelangen, oder auch zur vollen Erkenntnis der eigenen Sieben Seelen. So werden einem Wünsche, Erfüllung und Befreiung bewusst. In höheren Dosen dient es zur Erzielung von spontanen „Wunderheilungen“, die nur unter dem starken Einfluss von Träumen möglich sind.

Dreiundzwanzigstes Kapitel

Ass
Ass
Ass

Am nächsten Tag rief ich Doug in mein Zimmer und sagte zu ihm: »Ich hatte einen Traum, als ich ein Baum war.«

Ich lag auf meinem Bett, und zwar auf dem Bauch, denn auf meinem Po war immer noch ein dicker blauer Fleck von Mebs Spritze zu sehen.

»Was für einen Traum?«, fragte mich mein Bruder und zog sich die Stöpsel aus den Ohren. Einen kurzen Moment lang hörte ich E-Gitarren schrecklich aufjaulen, dann herrschte Ruhe.

»Ich habe von einem Mann geträumt, der lautlos näher kam …«, erzählte ich. »Er hatte bunte Kleider an, lange Haare, stank wie ein Iltis und trug eine Sonnenbrille, bei der ein Glas kaputt war.«

»Ach komm. Dann hast du ja von diesem Grünen Mann geträumt.«

»Ja, von Green Jack.«

Ich drehte mich um, soweit ich das konnte, um Doug die Zunge rauszustrecken. »Er hatte ein Kartenspiel dabei, und mir war klar, dass er mit mir spielen wollte. Das Erste, was er zu mir sagte, war: ›Weißt du, wie viel die Seele wiegt, Junge?‹ Und ich habe ihm geantwortet, dass sie einundzwanzig Gramm wiegt.«

»Und er?«

»Er hat nur gelacht und den Kopf geschüttelt … und dann hat er erwidert, dass die *höchstens* einundzwanzig Gramm wiegen würde, aber niemals ein Gramm mehr, und dass das genau das Gute daran wäre. Dann hat er die Karten gemischt. ›Wir machen es so‹, hat er gesagt. ›Wir zwei spielen jetzt miteinander, ich gegen dich. Wenn du gewinnst, dann darfst du zurückkehren. Wenn ich gewinne, dann bringe ich dich auf die andere Seite. Einverstanden?‹ Und ohne meine Antwort abzuwarten, hat er mir die erste Karte gegeben.«

Ich atmete tief durch.

»Was habt ihr denn gespielt?«, fragte Doug.

»Natürlich Siebzehnundvier«, erwiderte ich und musste lächeln. »Weißt du, wie das geht?«

»Na klar«, antwortete er. »Du musst immer wieder eine Karte nehmen und dabei mit deinen Punkten so nah wie möglich an die einundzwanzig kommen, aber du darfst nicht mehr Punkte haben. Ein Ass zählt eins oder elf, je nachdem, die Figurenkarten zählen zehn und bei den anderen Karten gilt die Zahl, die darauf steht.«

»Meine erste Karte war ein Ass.«

»Und was hast du gemacht?«

»Ich habe ihn um eine weitere Karte gebeten.«

Doug nickte. »Und …«

»Er hat mir eine Acht gegeben.«

»Acht plus die Elf von dem Ass … das macht neunzehn«, rechnete mein Bruder nach. »Eine gute Punktzahl.«

»Ich habe noch eine Karte verlangt, Doug.«

Er schluckte, sagte aber nichts.

»Und ich bekam noch ein Ass.«

»Zwanzig … Da hast du dann aufgehört?«

Ich sah ihn lange an. »Ich habe noch eine verlangt.«

Doug wartete schweigend darauf, dass ich fortfuhr.

»Und ich habe ein drittes Ass bekommen.

Ass plus Ass plus Ass plus Acht.

Einundzwanzig. Der beste Wert.

Mein Bruder lachte schallend los. »Du bist ja völlig verrückt.«

»Genau das hat der Grüne Mann auch gesagt. Er hat gelacht und seine Karten wieder eingesteckt, ohne mir zu zeigen, was er selbst hatte. Dann hat er anerkennend gepfiffen und meinte: ›Diese alte Kuh Adele hat recht gehabt, dass ich mich in diesem Kaff nicht langweilen würde. Das war ein gutes Spiel, Finley McPhee, wirklich ein gutes Spiel. Diesmal wird es also nichts, ich verschwinde. Aber nur keine Sorge, ich glaube, das war nicht unsere letzte Partie.‹«

»Und was ist dann passiert?«

»Dann bin ich aufgewacht, Doug. Ich habe es gerade noch

geschafft, mich anzuziehen, und danach ist jemand gekommen, du oder Meb, und hat mich nach Hause gebracht, wo ich weiterschlafen konnte.«

»Und wenn du weiter im Bett bleibst, wird Mama sich früher oder später doch noch Sorgen machen.«

Ich drehte mich wieder um.

»Doug?«

»Was?«

»Unter dem Bett hier … muss noch ein Buch liegen.«

»Fängst du jetzt wieder mit dem Zauberisch an, Giftschlage?«

»Nein. Hol es doch bitte mal hoch.«

Es war das *Schwarze Buch der Wälder*, das ich an dem Abend mit nach Hause genommen hatte, als Aibys Vater angeschossen worden war.

Ich schlug es auf und suchte nach dem Inhaltsverzeichnis. »Es muss auch ohne Lesesieb gehen …«, murmelte ich vor mich hin. Dann stöhnte ich leise auf vor Schmerz, weil ich mich zu sehr auf die eine Seite gedreht hatte.

Doug ging zum Fenster, denn von unten aus dem Hof drang Stimmengewirr zu uns herauf. »Ach, prima!«, sagte er. »Sie sind da! Los, komm mit!«

Ich winkte ihm, dass er warten sollte, doch er ließ mir keine Wahl. Ich konnte gerade noch einen Blick auf die Stelle werfen, nach der ich gesucht hatte, dann hatte er mich schon gepackt, stellte mich auf die Füße, schob mich die Treppe hinunter und nach draußen. Dusty tollte schwanzwedelnd auf der Wiese herum und zog immer weitere Kreise. Mein Vater ging in einiger Entfernung seiner Arbeit nach, aber mir kam es so vor, als würde der Motorlärm des Traktors mich umarmen. Meine Mutter stellte sich mit einer Tasse Milchkaffee neben mich, ohne Fragen zu stellen, und dafür war ich ihr unendlich dankbar.

Stattdessen stellte ich ihr eine Frage, und sie antwortete mir darauf, als ob nichts passiert wäre. Sie war sich mit ihrer Antwort allerdings nicht ganz sicher, aber mir genügte sie.

»Wow«, sagte ich dann und humpelte zusammen mit meinem Bruder zum Hof. Neben der Haustür standen zwei funkelnagelneue Fahrräder, eines rot und eines, das etwas größer war, in Weiß. »Wo kommen die denn auf einmal her?«

»Vergiss erst einmal, woher sie sind«, antwortete Doug. »Gefallen sie dir?«

»Sie sind großartig, Doug. Aber wie hast du das denn gemacht …«

Er nahm mich wieder in den Schwitzkasten und rubbelte mir mit den Knöcheln über die Haare, auf diese schreckliche Art und Weise, mit der wir einander unsere Zuneigung zeigten. Dann schaute ich das rote Fahrrad an und fragte: »Entschuldigung … aber … wo ist denn der Sattel?«

»Probier's doch einfach aus«, sagte er und grinste in sich hinein.

»Und wie?«

Doug fuhr mit einer Hand über den Rahmen bis zu der Stelle, wo bei anderen Fahrrädern normalerweise der Sattel ist, und die Hand schien die Form eines unsichtbaren, aber festen Sitzkissens nachzuzeichnen. »Es ist ein superduperextraspezieller Zaubersattel, den Aiby und Locan eigens als Geschenk zu deiner Rückkehr bestellt haben.«

Ich freute mich darüber wie ein Schneekönig. Ich sah zum wolkenlosen Himmel hoch und hinaus zu den Inseln auf der anderen Seite der Bucht und dachte dabei, dass ich gut daran getan hatte, wieder zurückzuwollen.

»Früher oder später fahren wir mal dort rüber, nicht wahr?«, fragte ich Doug und deutete aufs Meer.

»Von mir aus auch heute, wenn du willst. Dogberrys Boot steht immer bereit.«

»Nicht jetzt«, sagte ich. Ich glitt mit der Hand liebevoll über mein neues Fahrrad. »Am liebsten würde ich es gleich ausprobieren … und vielleicht bedanke ich mich dann auch gleich bei ihnen.«

»Soll ich mitkommen?«

Ich sah ihn verblüfft an. Er hatte mich noch nie gefragt, ob wir zusammen Fahrrad fahren wollten.

»Diesmal nicht, danke«, erwiderte ich. »Ich möchte allein hin.«

Doug zeigte auf die Felder unseres Hofes. »Dann helfe ich mal unserem Vater.«

Wir klatschten uns ab, ich ging hoch in mein Zimmer, packte ein paar Dinge in meinen Rucksack, lief wieder nach unten, stieg auf mein Fahrrad, ohne mich hinsetzen zu müssen, und begann angenehm überrascht, in die Pedale zu treten.

»Nein, Dusty«, sagte ich zu meinem Hund, als ich ans Tor kam. »Diesmal musst du hierbleiben. Ich will wirklich allein dorthin.«

EPILOG

Ich radelte ganz gemütlich zur Villa des Grauens, wo ich am Tor anhielt. Ich zog an der Kette, sodass es aufschwang. Dann schob ich mich mitsamt dem neuen Fahrrad hindurch und lief ganz langsam zum Haus.

Fast augenblicklich hörte ich Cromwell losbellen, der sich sofort von irgendeiner Ecke des Grundstücks auf den Weg zu mir machte. Ich stöhnte. Jetzt hätte ich gern Dusty an meiner Seite gehabt, aber das wäre zu gefährlich gewesen. Ich dachte an nichts: weder daran, wie ich zum ersten Mal diesen Garten hier betreten, noch daran, wie ich Green Jack im Kartenspiel geschlagen hatte. Ich dachte nicht an Semueld Askell in seinem Jogginganzug oder an Adele Babele, wie sie in ihrer Kutsche davongebraust war. Nach allem, was ich erlebt hatte, kam mir das irgendwie unwichtig vor. Wenn es Magie gab, schön. Und wenn es keine gab, dann musste man eben welche erfinden.

Ohne Angst davor zu haben, einen Fehler zu machen. Einfach ohne jede Angst.

Wenn ich zurückgekehrt war, dann lag das nicht am Traumwasser. Wasser war Wasser, aber Träume waren Träume. Sie hatten mir den Weg gewiesen, so wie ein Kompass. Ach ja, apropos Kompass.

Mein Kompass war Aiby gewesen, die mir so unglaublich vertraut vorkam, obwohl ich sie erst seit Kurzem kannte.

Aber auch dieser Gedanke verflog wie all die anderen, während ich quer durch den Garten lief, zwischen den traurigen Tonstatuen hindurch.

Ich muss keine Angst haben, sagte ich mir. *Ich tue nichts Unrechtes.*

Vor einer Woche noch hätte ich in meinem Kopf eine innere Stimme gehört, die mir Ratschläge gegeben und mich beschützt hätte. Aber jetzt gab es diese Stimme nicht mehr.

Oma war nun wirklich endgültig gegangen. Und ich war wirklich älter, größer geworden.

Ach, die Glückliche, dachte ich mit einem Lächeln auf den Lippen, während Cromwell mit aufgestelltem Fell und furchteinflößend genau an der Stelle auftauchte, wo ich hinwollte.

Hinter ihm sah ich den Efeu, der sich an den Wänden der Villa des Grauens hochrankte, und ich stellte mir vor, wie hinter einem dieser Fenster ein einsames Mädchen lebte, das sich gern mit einem netten Kerl unterhalten würde, der nicht vor ihren seltsamen Statuen zurückschrecken würde. Jemand, dem sie vertrauen konnte. Und worüber würden wir dann wohl reden? Zum Beispiel über dieses grüne Mädchen, das durch eine

Höhle gegangen war und sich plötzlich in einem unbekannten Wald wiedergefunden hatte? Denn im *Schwarzen Buch der Wälder* hatte gestanden, dass dieses Mädchen Somerled hieß. Und meine Mutter hatte mir heute Morgen beim Kaffee erzählt, die McBlacks würden ursprünglich aus Suffolk stammen.

Und so haben sie in all diesen Jahren das einzige magische Objekt verborgen, mit dem man sie hätte aufspüren können.

Daher lief ich nun sehr langsam mit dem Kompass von Sherwood unterm Arm durch diesen Garten, um zu meinem Wort zu stehen.

Denn das war ich. Das Ich, in das zurückzukehren ich geträumt hatte.

Finley McPhee. Einer, der, wenn er eigentlich nur verlieren kann und wenn keiner an ihn glaubt, dennoch sein Versprechen hält.

Pierdomenico Baccalario

Ich wurde am 6. März 1974 in Acqui Terme geboren, einer kleinen, wunderschönen Stadt im Piemont. Ich bin inmitten von Wäldern aufgewachsen, zusammen mit meinen drei Hunden, meinem schwarzen Fahrrad und mit meinem Freund Andrea, der fünf Kilometer oberhalb von uns auf den Hügeln wohnte.

Angefangen zu schreiben habe ich auf dem humanistischen Gymnasium. Wenn der Unterricht mal wieder zu langweilig war, habe ich so getan, als würde ich Notizen machen, während ich mir in Wirklichkeit Geschichten ausdachte. In der Schule habe ich auch einige Freunde kennengelernt, die begeisterte Rollenspieler waren, und mit ihnen habe ich Dutzende von Zauberwelten erdacht und erkundet. Ich bin ein stets neugieriger, aber auch besonnener Entdecker.

Während des Jurastudiums habe ich dann mit meinem Roman *La strada del guerriero* (Der Weg des Kriegers) den wichtigen Jugendbuchpreis *Premio Battello a Vapore* gewonnen, und das war einer der schönsten Tage in meinem Leben. Von da an habe ich Romane veröffentlicht. Nach dem Studium habe ich zunächst für Museen und Kulturprojekte gearbeitet und versucht, auch alten, verstaubten Gegenständen interessante Geschichten zu entlocken. Auf der Suche nach neuen Horizonten bin ich viel gereist: Celle Ligure, Pisa, Rom, Verona und schließlich London.

Ich liebe es, neue Orte und andere Lebensweisen zu entdecken, aber letzten Endes sind es immer dieselben Orte, an die ich zurückkehre.

An einen Platz ganz besonders: zu einem Baum im Susatal. Von dort hat man einen herrlichen Ausblick auf die Landschaft. Und wenn ihr wie ich gern wandert, erkläre ich euch den Weg dorthin.

Aber das muss unter uns bleiben.

Pierdomenico Baccalario

Iacopo Bruno

Ich kann eigentlich gar nicht erklären, wer ich bin, aber alles in allem ist es in etwa so gelaufen: Ich habe einen ganz besonderen Freund, der nie etwas braucht. Schon als kleiner Junge, wenn er sich ein Raumschiff wünschte … dann zeichnete er sich das eben … Und zwar so gut, dass es wie ein richtiges Raumschiff aussah.

Und dann stiegen wir ein und flogen rund um die Welt. Einmal, er hatte uns einen tollen roten Doppeldecker gezeichnet, so ähnlich wie der vom Roten Baron, nur etwas kleiner, wären wir beinahe in einen Vulkan gestürzt, den er natürlich auch gerade gezeichnet hatte.

Wenn er müde war, zeichnete er sich ein Bett mit vier Löwenfüßen unten dran … Und träumte darin bis zum nächsten Morgen. Er hatte immer einen wunderschönen Bleistift aus Holz mit zwei Spitzen dabei, die immer genau richtig angespitzt waren.

Mein Freund lebt jetzt in China, aber seinen magischen Bleistift hat er mir dagelassen!

Nach Ulysses Moore die neue Bestseller-Serie

Pierdomenico Baccalario
Der Zauberladen von Applecross
Das geheime Erbe
224 Seiten. Hardcover.
ISBN 978-3-649-61502-6

Finley McPhees Leben verläuft ziemlich eintönig, bis die Lilys plötzlich in Applecross auftauchen und ihren geheimnisvollen Laden eröffnen. Von da an geschehen eine ganze Menge merkwürdiger Dinge in dem kleinen schottischen Ort. Für so manch einen wäre das Grund genug, schnell das Weite zu suchen. Nicht aber für Finley McPhee! Obwohl er es bis dahin nicht mit außer Kontrolle geratenen Magiertötern, nächtlichen Geistererscheinungen und rachedurstigen Meeresriesen zu tun hatte …

DER ZAUBERLADEN VON APPLECROSS
DER ZAUBERLADEN VON APPLECROSS
Come In
WE'RE
OPEN
FIRENZE · BUENOS AIRES
SCARSELLI I MAGNIFICI
DAL · 1571
Borgo San Jacopo 310 · Diagonal Norte 623
7
*) Name, Bü